奇·怪

草祭

恒川光太郎 著

高詹燦 譯

目錄

獸原

けものはら

1

那是我國三那年初夏夜晚發生的事。

紗門外傳來陣陣蛙鳴，我面對著一本英語題庫，全身僵硬。

這是我一星期前，在街上書店買來的高中測驗題庫，之前一直被我擱置一旁。好不容易打開來看，卻愈看愈懷疑：這本題庫難道是為了讓考生感到不安，才故意寫得比較難嗎？題目顯然比我就讀的美奧第二中學所採用的教材還要艱深。如果這上面的考題才是一般水準，那麼美奧第二中學的學生素質，在全國中學生之中算是偏低囉？我想。

正當我交疊雙臂，不耐煩地發出哀聲時，電話的內線燈亮起了。母親說：「你的電話哦！」

當時是晚上十點半。

要是女生打來的就好了。我心中微微抱著期待，接起話筒，按下外線按鈕。

「喂，我是雄也。」

我以成熟的男性聲音回應。

「啊，不好意思。我是椎野春的父親。」

椎野春是我同學。

「啊，您好。」

「阿春他……有沒有到你家玩呢？」

「咦？沒有啊。」

我問他阿春是否沒回家，阿春的父親以陰鬱的聲音答道：「是的。昨天他外出後，就一直沒回家。」

「雄也，你知道阿春可能會去什麼地方嗎？」

我陷入沉默。

可能會去的地方……阿透的家、禮二的家、車站前的電玩遊樂場。美奧車站前的電玩遊樂場十點就會關店，既然他昨天就沒回家，那應該會在其他地方吧。阿春並沒有特別跟我提起什麼。

「可能在阿透和禮二的……」我改口。「可能在澤村同學或柳原同學家……」

「待會兒我會打電話給他們兩位。還有沒有其他地方？」

「這我就不清楚了。」

「要是之後阿春到你那裡的話，可否轉告他一聲，說家裡很擔心他，請他趕緊和家人聯絡。」

我和阿春的父親說過幾次話，他不是會用如此客氣的口吻和兒子朋友說話的人。從他客氣的口吻中，感覺得出他此刻的焦急。

「是，一定會。」

電話就此掛斷。

我闔上英語題庫。

「椎野的父親打來說什麼？」母親打分機內線來了。我跟她解釋：「聽說阿春沒回家。」

我把手放在書桌上托住下巴，再次思考友人可能會去的場所。

原野的畫面從我腦中掠過。

我感到一股惡寒。

我小五那年的某日，班上突然熱烈談論起我們和鄰鎮小學那班人之間的戰爭。說戰爭聽起來或許有點微妙，也許該說是對抗才對。

對方是藤森社區的一群小六生，大我們一屆。我們對決的場所選定在藤森社區附近的公園，此事已轉達對方，他們放學後會在那裡等候。這消息在下課休息時間轉告給每個男生了，大家展現出高昂的鬥志。

大家公認全五年級生裡頭最會打架的高木原也要參加這場戰爭，參加者因此愈聚愈多。

我們和藤森社區的六年級生之間究竟有何過節，我不清楚。我甚至沒見過藤森社區的六年級生，但因為覺得有趣，我便抱著看熱鬧的心情，加入他們的行列，成為裡頭的一名士兵。高木原大聲咆哮，說不敢來的人是孬種。

放學後，聚集了約十五人之多。有人帶塑膠球棒，有人帶空氣槍。有人戴上直排輪用的安全帽，或是劍道的臉部護具。也有人帶了小鋼珠來。我帶了剛買不久的溜溜球，雖然不知道它能否充當武器。

藤森社區位於美奧的市鎮外郊，就小孩子的腳程來說，算是位在頗遠的地方。走著走著，有三個人說要去買點心吃就脫隊了。接著，又有幾個人突然想到有事要辦，或撇下一句「要去找朋友來加油」，也脫隊了，轉眼間人數愈變愈少。這些脫隊的同伴最後終究沒再回來，我們走著走著，原本的十五名士兵減為八名。

敵人確實在藤森社區前的草皮公園等著我們。共有四人，體格足足比我們大上一圈。更教人吃驚的是，其中一人根本不是小六生，而是國中生——他身穿立領制服。一見我們到來，他們就說了一句「哎呀哎呀」，不約而同站起身子。

「上吧！」我們同伴當中有人氣勢十足地喊道。

「來啊！」不知是國中生還是小六生的對方成員如此大喊。

總之，我們就此展開衝鋒。我回想了一下，一個畫面浮現腦海：當時有位個頭矮小，名叫池田敦的同年級生，被敵方的小六生一把搶下塑膠球棒，四處追著跑。

衝鋒時，我們究竟有多少人，我已經不記得了，但就算是八對四，我們也完全不是對手，馬上便被打得七零八落。

儘管對方向我們咆哮，追著我們四處跑，但最後還是沒人受傷，也沒人挨揍，也許是那些素未謀面的小六生對我們手下留情吧。如今回想起來，與其說是和對方打鬥，不如說是請對方陪我們玩騎馬打仗的遊戲。我們太過弱小了，他們根本不可能認真把我們當敵人看。但要說當時心境的話……畢竟是其他學校不認識的高年級生和國中生，一派輕鬆地大聲咆哮朝我們直逼而來呀，就算那只是遊戲的一部分，誰都還是會覺得自己有生命危險。

我原本躲在社區的暗處，因為聽到撤退的同伴叫喚，便爬上某處石階。敵人朝我們追來的消息讓我嚇得臉色慘白，活像戰國時代戰敗逃亡的武士，沿著小路奔逃。

不知不覺，敵人和同伴都遠去了，我和椎野春兩人走在陌生渠道旁的狹路上。

當時阿春還是個一天到晚戴阪神隊棒球帽的纖瘦少年。

「雄也，這一帶的路你認得嗎？」

我努力思索著。

根據我模糊的方位感，沿著這條渠道朝藤森社區的反方向走，應該能走到一座蓄水池。有一座明治時代建造的水門就位在蓄水池旁，之前社會科校外觀摩時曾經去過。

「隨便走走應該就能找到路了。」

「雖然有點迷路，但還是小心一點走，免得遇上他們。」

「得繞遠路就是了。」

雖然我已鬥志全無，但為了自尊心，還是不忘加上一句。

「不過，就算遇上，只要一對一，我是不會輸的。」

綠樹綻放初夏的花朵和緊臨渠道的住宅街所種的盆栽紛紛長出圍牆外。

枝頭鳥囀鶯鳴。

我一面走，一面手拿樹枝拍打渠道的柵欄。

我和阿春一起快步前行，不久後民宅消失了，周遭綠意漸濃。水泥建造的渠道，則漸漸由紅磚取而代之。

當我準備拿出口香糖之類的東西時，溜溜球從口袋掉了出來。

它一路往前滾，我沒追幾步它就鑽過柵欄、落入水渠裡了。

我奔向前去，往下窺望，發現它並未掉入水中，而是滾到一旁的支架上了。它黃黑相間的顏色相當醒目，是我很喜歡的一顆溜溜球。

阿春看到我困擾的樣子，嘲諷地發出一聲「哎呀」。

前方不遠處有道樓梯通往水渠裡。樓梯前方有一扇柵欄構成的鐵門，鎖著大鎖，我和阿春一起往上爬。

我們下到帶有些微水溝臭味的水渠，正準備搶回我的溜溜球時，一個調皮的少年聲音以及一腳踩扁果汁鋁箔包的聲響，從我的頭頂上傳來。

「結果座間學長一拳就定了輸贏。」

我悄悄抬頭往上瞄，發現有幾名少年倚著柵欄不知在聊些什麼，好像是國中生吧。他們全都背靠著柵欄，沒發現我的存在。空中升起裊裊紫煙。有幾個人在抽菸。

我不知道他們是不是藤森社區的人，但感覺上他們比之前在草地上和我們打鬥的那班人兇惡多了。此刻要是從水渠往外走，肯定會進入他們的視線範圍中。依照經驗來看，很有可能會被纏上。

我們兩人躡手躡腳離開現場。原來下來的樓梯已經不能走了，我們只好另找重回馬路的途徑。

我們鑽過橋下，一路往前走。從水渠抬頭看到的天空掩於樹葉間，已變得昏暗了。走著走著，周圍的牆壁由瓦片變為長滿青苔的堆石。來到這裡後，水渠乾涸了，眼前有一大片濕滑的落葉。與其說是踏入水渠，不如說是踏入一處古代遺跡的小路中。

不久後，我們來到了路的盡頭，石頭堆疊成的牆壁阻擋了去路。我們吁了口氣。

「也許要感謝溜溜球掉落，我們才沒和他們撞個正著，逃過一劫。」阿春做出撫胸慶幸的動作，露出笑容。

「先在這裡等一會兒，再慢慢往回走吧。也許他們已經走了。」

我環視四周，發現連接水渠和路面的石階正巧就在附近，我們沒必要原路折返。

爬上石階後，眼前是一片開闊的陌生原野。

這片土地遼闊無比，在上面絕對可以舉行棒球賽。雜草叢生其上，還有零星幾株樹木矗立著。

不見人影，地上也沒垃圾。沒有遊樂設施、路燈、告示牌、柵欄，或是繩索。也看不到住家、電線杆、電塔。我們理應見到一個熟悉的文明世界，它卻赫然消失了。

某處傳來一聲鷹嘯，接著又歸於一片死寂。

我和阿春覺得略略被此地的氛圍震懾了，不發一語地走著。

我們些許感覺到闖入別人家庭園時的不安、些許感覺到發現奇妙場所時的喜悅，也些許感覺到不可思議的懷舊感。每走一步，便會有蝗蟲從腳下的草叢間飛躍而出。

有個地面隆起、形成一座小山的地方，走到上頭遠望就能環視原野全貌。

不論看哪個方向，視野前方都是垂直的崖壁。這是一片四面被崖壁包圍的圓形土地，看了不禁會聯想到羅馬競技場。水渠穿過這塊隱密土地的岩壁縫隙，形成一條秘密通道。

「這樣回不了家。」我低語道。「也許我們該往回走。」

有一間簡陋的小木屋。看起來相當破舊，肯定是間荒屋。一旁有榆樹和柳樹，還有幾乎會讓人誤認為是池塘的一大攤水窪。是別具庭園盆景之美的景致。

浮雲在空中緩緩流動。一陣風吹過，四方崖壁上的森林沙沙作響。

原野中央有個巨大的蛋形岩石，上頭圍著粗大的草繩結。

最初的瞬間，我確實興起一股興奮之情，心想「太棒了，我們發現一處與眾不同的隱密原野」，但這股激動旋即冷卻，反而是另一股感覺愈來愈強烈：這地方從遠古時代便存在於美奧了，是不可隨意進入的場所，是可怕的禁忌之地。

「好可怕。」

阿春臉色蒼白，注視著草繩結內的巨石，如此低語。

「好可怕、好可怕。」

當時阿春害怕的模樣非比尋常。

「我們快回去吧！」

發抖著的阿春如此叫喊。

就在那一剎那，我看見某個東西出現在阿春身後。

記憶中，那個東西並沒有明確的形體。真要說的話，看起來像模糊的人形黑霧。

我覺得可怕，不敢正視，從頭到尾幾乎都把臉別開，但是那短暫瞬間映入眼中的部分，只能用黑霧來形容。它飄散出一股濕土的腐敗氣味。

「哇！」我尖叫一聲，一把拉住阿春的手。

我們陷入混亂，彷彿被人丟進激流中。打算擺脫那道黑影時，我們從斜坡跌落了。我擦破膝蓋，抬頭往上看，發現有隻毛茸茸的黑手抓住阿春的手臂。我立即撿起地上的石頭，朝那隻形體模糊的黑手砸去。

那手收回去了，動作滑順無比，牠宛如惡夢、曖昧不明。我完全沒有擊中東西的感覺。

阿春一直叫喊「雄也、雄也」，抓住我的肩膀，向我靠了過來。一定也有另一隻同樣的手臂朝我背後襲來吧，有陣臭水溝似的氣息吹向我後頸。我發出慘叫，死命甩動手臂。

我們愈是激動，牠愈是像煙霧般向外擴散。這是難以應付的可怕對手，遠非藤森社區的小六生所能比擬的。

我們一路慘叫，連滾帶爬奔向水渠。

感覺那巨大的煙霧妖怪似乎正歪來扭去，朝我們蛇行逼近。

我們衝進水渠後，過了好一會兒仍舊驚魂未定，心臟噗通噗通跳個不停。我們不發一語，快步朝自家的方向走去。阿春一路上抽抽噎噎，嘴裡不斷說著「野奴拉出現了、野奴拉出現了」。

「野奴拉」是一種怪物，自古便棲息在美奧，身上散發不潔之氣。至於牠究竟是何種怪物，我也不知該怎麼形容才好。「奴拉」是我們當地方言的語彙，意思是「污穢」。

回到家已是傍晚時分了，我完全沒有食欲。一量體溫，竟高達三十九度，我馬上請母親拿出冰枕降溫，就此沉沉入睡。

我這才發現自己把溜溜球忘在那個地方，但眼下也只能放棄了。

在我沉睡的這段時間裡，多次夢見奇怪的夢境。

是強風吹拂那片原野的夢。

空中一輪明月高懸，無數的野獸身影群聚，包圍那座岩石。有狸貓、狐、山豬、狗、貓、貓頭鷹、猴子、熊。

野獸們不時會抖動身子，但其他時候都安分地靜靜沐浴在月光下。牠們就是奔馳在美奧山野間的野獸嗎？是那些產下孩子不久後，生命便就此終結，連名字也沒有的野獸嗎？

我也混在那群動物當中。我不經意地環視四周，找尋阿春的身影。他也靜靜坐在不遠處。夢中，我似乎也不是人類，具備無名野獸的外貌。我感覺到從俗世中解放的爽快感，還覺得自己彷彿成為某巨大之物的一部分（比社會這種概念還要原始的一種存在），因此感到無比安心。

早上一覺醒來，高燒已退。我請了一天假，在家好好休養，隔天才去上學。

在教室裡，我有些猶豫，不知該不該把我作的怪夢說給阿春聽，最後我還是決定作罷。阿春似乎也想忘卻原野上發生的一切，他矢口不提那件事。

我們保持沉默，不向班上任何人透露誤闖那座原野的事。那沒什麼，只是鎮上外郊森林裡一處地形奇特的空地罷了——此事無法像這樣輕鬆一語帶過。

數天後，學校放學時，一名陌生男子出現在我面前。當時我剛從學生人數不到十人的公文式❶補習班下課，正在回家路上，是獨自一人。

男子站在我面前，阻擋我的去路。他身穿粉紅色襯衫和西裝褲，頭髮捲捲的，兩鬢推剪過。

❶指的是公文式指導法，是日本高中數學老師公文公研發的。

雖然不知他的年紀，但看起來比我們二十六歲的導師還要大上幾歲。他挺著啤酒肚，感覺脾氣有點火爆。

那算是條人來人往的道路。馬路護欄外有車輛行駛，還有站在花店前閒聊的婆婆媽媽。

「嗨，小朋友。」

我抬頭望向那名男子，暗自做好防備。男子俯看我的眼神似乎蘊含一絲怒意。

「你闖入了『獸原』對吧？」

我背後冷汗直流。這名男子指的當然是那座原野，原來那座陰森可怕的隱密原野叫作「獸原」。這名字確實很貼切。不過，他是從哪兒看到的呢？

挺著啤酒肚的男子給我一段時間沉澱內心所受的衝擊後，接著說道：

「你知道那是什麼地方嗎？」

「對不起，可是……」我是被國中生追趕才會闖進那裡──我正想如此解釋時，男子打斷我的話。

「用不著解釋。之前我發現你和你的同伴哭哭啼啼地走在水渠邊，那是你對吧？」

「對不起。」

「『獸原』可不是好玩的地方哦。」

「我不會再去的。」

「那還用說。要是在那種地方玩，你猜會怎樣……會變成怪物哦。」

會變成怪物是什麼意思，我不懂，但我又回了一句對不起。

總覺得他還會嘮叨不休地訓斥我，但沒想到他說到這兒便打住了。男子最後又靜靜瞪了我一陣子，就邁步離去了。我不知道他是何方神聖，從那之後便再也沒見過他。

後來我和阿春進同一所國中就讀。國一、國二我們雖沒同班，但同屬田徑社，所以我們的交情並未變淡。

2

阿春的父親打電話來的隔天，他還是沒上學。可能是因為他父親四處打電話的緣故，阿春失蹤的事馬上便在教室裡傳開了。是單純的離家出走，還是發生什麼事件，沒人知道。

阿春才十五歲，身高已經有一百七十五公分了。他頭腦聰明，且運動細胞發達。我看過他國二第三學期的成績單，主要的五個科目都是得到A或B。再怎麼說，他現在也不是會被變態男子盯上的小朋友了；以他的個性來看，也不像會無緣無故離家。

在天色灰濛的放學時間，我來到流經藤森社區的那條熟悉的水渠，索性將單車停在一旁。

小學的那場戰爭遊戲過後，我從未涉足此地。因為沒機會到這附近，也不會想來這裡。

我確認四下無人後，往下走進那睽違四年之久的水渠。「獸原」還在嗎？

環繞四周的崖壁。叢生的雜草。綁有草繩結的巨石。

原野的景致如昔。應該是因為我已長大的緣故吧，總覺得它看起來比當初小上許多，但還是相當遼闊。

我想起那天的黑色怪物。現實中真有其物嗎？還是說，那只是我的恐慌心理所產生的幻覺？我步上石階時，微感恐懼，這時，突然有人從背後叫我名字：「雄也。」

我轉身，看見打著赤膊、下半身穿牛仔褲的阿春站在我面前，一臉困惑。他的眼睛下方有黑眼圈，也有哭過的痕跡，看起來形疲神困。

「哦，果然是雄也。你來這裡做什麼？」

「你才是呢，你在這裡做什麼？」我鬆了口氣，急忙回了他這麼一句。「你果然在這裡。我的第六感很厲害吧？」

「我……」阿春話說到一半，噤口不語。

「大家都很擔心你呢。昨天你老爸還打電話給我。你怎麼會在這裡呢？」

阿春靜靜望著我。接著他仰望蒼穹，環視四周。

「雄也。你一個人來嗎？」

我點頭。

「阿春，你呢？」

「我也是一個人。」

他的T恤晾在樹枝上。阿春取下T恤，把手套進衣袖。

「衣服是濕的吧？」

「因為我洗過了。不過已經有點乾了，沒關係。」

「洗衣服？用地上那攤水窪嗎？」

阿春並不答話，他瞇起眼睛，打了個哈欠。

「好睏啊。」

天空開始飄雨。我們走到荒屋的屋簷下，坐上腐朽的外廊。

倘若阿春是自己想躲在這裡，我就不會向人透露此事。只不過，我想知道原因。

阿春望著雨滴，靜默不語。過了一會兒才開口道：

「這裡曾經有某個東西出現過。好像是某種污穢的妖怪。」

「是啊。」我表示同意。「雖然不清楚，但這裡應該有某種污穢的怪物。這我很肯定。有人說這裡叫『獸原』。」

「哦？」阿春興致勃勃地睜大雙眼。「誰告訴你的？」

「一位古怪的大叔。」我告訴他，以前有一位路過的大叔曾訓斥過我。

「這麼說來，這裡可能很有名囉。有一小部分的人很清楚這個地方是吧……」

「是不是很有名我不清楚，但這裡不是可以隨便來的地方。你不怕嗎？」

「還好。」

「你這話什麼意思？」

你什麼時候來這裡的？我如此詢問。阿春冷冷地應了一句：「前天。」

「我覺得已經夠了。」

到底是什麼夠了，我聽得一頭霧水。

雨勢漸強，原野上一片迷茫。有一部分天空依舊蔚藍的，是太陽雨。

阿春蹲在外廊的木板上，像是在哭泣。

這陣雷雨止歇後，我留阿春一個人在荒屋裡，獨自一人走向原野。一道道的小彩虹出現了，地面因雨而冷卻，略帶涼意。

我不經意發現草叢間有東西在發光，看起來很眼熟。

我驚呼一聲。

我拾起它的瞬間，有種像是取下磁鐵般的奇妙感覺。

是黃色的溜溜球。

我確定它就是四年前我掉落此地的溜溜球。但它上面的漆色完全沒脫落，就連繩子也完好無損。簡直就像新的一樣，真不可思議。難道是另一顆長得很像的溜溜球？

我以衣服的下襬擦去溜溜球上的水滴，將它收進口袋裡。

我隨意繞繞，想看看還有沒有什麼有趣的東西。

來到榆樹附近，一個像骯髒破布的東西映入我眼中。從布面的縫隙間露出一個顏色蒼白的東西……還穿著鞋子。是腳？那像黑色海草的東西，是頭髮？

我倒抽一口氣。

是屍體。雖然他背對著我俯臥在地，但看得出是名女子。我急忙把臉別開，頓時覺得呼吸困難、頭暈目眩。

「怎麼啦？」

我轉頭一看，阿春就站在我身後。他露出無神的眼神，傻傻地張嘴發愣。我第一次看到阿春這副模樣。我一面呻吟，一面指著屍體。

「你看那個……是屍體。」

「哦，那個啊。」

「這到底是怎麼回事？」

阿春微微眨眼，躊躇片刻後說道：

「那是我媽。」

「咦？」

我慌了。這到底是怎麼回事，我完全摸不著頭緒，只知道在我不知道的這段期間，一定發生了什麼事。

那宛如破抹布般的屍體是阿春的母親？阿春的母親——或許該說，是個自稱他母親的女人。

我曾聽阿春親口提過幾次有關自己母親的種種，所以我知道。阿春在談到自己母親時，總會流露平時難得一見的冷酷表情。

椎野春的母親在他即將上小學時，便離家出走，之後阿春由祖母和父親養大。

不知是小二還是小三那年的春天，阿春曾讓我看一封從紐約寄來的圖畫明信片。

「我在這裡一切安好，每天都很快樂。小春，你也過得好嗎？」

雖然已不太記得，但那封圖畫明信片上寫的大致是這樣的內容。當時阿春的父親只告訴他母親因為有事，得在美國生活，想必當時阿春也無法理解離婚和再婚是怎麼回事。我望著圖畫明信片讚嘆道：「你媽住在國外，好棒哦。」他也面帶喜色。

之後，阿春的母親與那個美國人離婚，回國後，在東京又與其他男人結婚。這次的對象是日本人。

阿春小四那一年，他母親又寫了封像是近況報告的信來。我沒看到那封信，但阿春告訴我，內容和以前差不多。

阿春的祖母在他小六那年過世。當親人們聚在家中舉行葬禮時，阿春偷聽大人在守靈時的談話，因而得知母親後來的情況。

母親背著人在東京的丈夫，與別的男人服安眠藥殉情未遂。不知道對方是她外遇的對象，還是路邊勾搭上的男人。結果只有那名男子喪命，阿春的母親撿回一命。但就此進了監牢。

去年秋天，阿春的母親突然出現在美奧。兩人睽違十年，再度重逢。

「昨天，有個自稱是我母親的女人出現在我面前。」

忙完社團活動返家時，我們兩人順道繞往拉麵店，阿春臉上泛著苦笑對我說道。

「自稱是你母親的女人？」

我蹙起眉頭，擱下正準備看的少年 SUNDAY，如此反問。

「放學回家的路上，有名穿著華麗的中年女子出現在我面前。還叫我『小春』。我問她『妳是誰』，她回答『我是你媽媽呀』。」

「啊，她說是你媽，那不就是……」

之前你曾經說的，殉情未遂的那位。

「沒錯。」這時老闆端來了拉麵。

「她突然出現？」

「確實是突然出現。」

我扳開免洗筷。

「她之所以回來，不外乎是因為我奶奶過世，或是沒地方可去吧。她就是這種女人。還對我說『小春，你真的長大了呢。三餐都有好好吃嗎？你是不是瘦了？』。你聽了覺得怎樣？」

因為過去的事我曾聽阿春提過，略有所悉，所以一時之間不知該說些什麼才好。我該如何回應，得看阿春是怎樣看待他母親的出現。

「嗯，那你怎麼回答她？」

「我回答她『妳也是』。結果她回了我一句『謝謝你替我操心』。那時我再也按捺不住，於是便直截了當地向她提出忠告。」

阿春停了一會兒才又接著說。

「『妳如果想死，得選一種不會給人添麻煩的死法。』」

阿春說到這裡，發出冷酷的笑聲。他那模樣好像在告訴我，這句話是最精采的部分，應該痛快地大笑才對，但對象是別人的母親，我不知道是否該跟他一起笑。於是我只冷冷地隨聲附和一句「哦」。

「之前我沒什麼特別感想，但現在見過面之後，卻感到一股無名火。」

「你可真不給人留情面。」我吸著麵條。「不過，也難怪啦。然後呢，她有什麼反應？」

「她先是不發一語，接著臉上浮現有些陰森的笑意。讓人發毛的笑。」

阿春就像全身寒毛豎起般縮起身子。

從那之後，我便沒再和阿春談到他母親的事了。

倘若阿春主動和我談這件事，我一定會好好陪他聊，但他沒說，我也沒問。不過話說回來，聊別人母親的事，就算對方再怎麼不好，也總還是會覺得不自在。阿春待人處事總是抱持和善的態度，唯獨談到與他母親有關的話題時，會展現出陰沉的憎恨，這點我並不喜歡。

如今，他母親在我面前化為一具屍體，正不斷在腐爛中。

「這件事你不會告訴任何人吧？」

「嗯。」我腦中一片混亂，如此低聲回答。

阿春別過臉去，全身顫抖，一副焦躁不安的模樣，他往荒屋的方向走去。

我跟在阿春身後。

「我看，你還是跟我一起去警局吧。」

阿春以茫然無措的眼神望著我，停頓了片刻。

「雄也，這件事你別管，你什麼也別說，就這樣回去吧。我不會回去的。知道了嗎？這件事和你無關。」

我沉默無語，呆立原地。

「連我自己也不清楚是怎麼回事。」阿春像在鬧脾氣似的，低頭望著地面。「前天夜裡，當我回過神來時，發現自己人在這裡，我媽的屍體就躺在一旁。就像作夢一樣。」

我等他接著說下去。

「一早醒來，我發現自己倒在荒屋裡。明明什麼也沒吃，卻一點兒也不餓。我感到喉嚨乾渴，便喝水窪裡的水。然後你就來了。」

「為什麼會這樣？」

「我不知道。」

我認為他說謊，怎麼可能不知道。我朝阿春的T恤望了一眼，那髒污看起來有點像血漬。

「可能因為這裡是『獸原』吧？」

阿春倒臥一旁，開始打起呼來。

我將阿春留在原野的荒屋裡，自己獨自沿著水渠走回住宅街。

在雨後的天空下，我筆直走向派出所。派出所內空無一人，我就此離去。我並不打算向警方說些什麼，只是想到派出所看看。

賣關東煮的餐車從我身旁經過，往車站前推去。我想到此時有個同學藏身在原野的荒屋裡，母親的屍體就躺在他身旁。

積雨雲在夕陽餘暉的照耀下發出橘色光芒，街頭的老樹逐漸變黑，一陣溫熱潮濕的風吹來。

那天晚上，我拿出那顆溜溜球。仔細來回撫摸，覺得有一股奇特的質感，不像塑膠，也不像金屬。它散發晶亮的光澤，完好無瑕，怎麼看都不像在野外曝曬多年。我試著將它甩出，感受到一股獨特的重量，「收手」時的感覺也很奇妙。我小五時的溜溜球真的是這一顆嗎？

我將溜溜球收進抽屜裡，倒臥床上。

月光伴隨著蛙鳴。夜晚氣息從窗口悄悄潛入，我聞到其中有股淡淡甜味。我遵守和阿春的約定，沒向任何人透露此事，但這樣做真的好嗎？我思忖這個問題，想著想著進入了夢鄉。

天亮醒來後，我跨上單車朝「獸原」而去。

3

「你又來啦。」

在朝霧迷濛的荒屋裡，阿春無精打采地坐著。

乍看到他的瞬間，我一時以為那不是阿春，而是別人。他的樣貌轉變就是如此之大。才一個晚上，頭髮就長了許多。也長出了鬍子。全身體毛濃密，連眼珠的顏色彷彿也變淡許多。

「昨天晚上發生了什麼事嗎？」

阿春悶悶不樂地搖搖頭，彷彿已耗盡全身精力。

「沒有。」

他起身，坐到荒屋的圓木椅上。經過片刻慵懶的沉默後，他才再度開口。

「你打算唸哪一所高中？」

「高中？」我有一搭沒一搭地歪了歪頭。「不是森丘高校，就是美奧工業吧。聽古賀說，要申請上森丘很勉強。他說要是今年競爭率高的話，最好放棄。老實說，我不太想唸美奧工業，而且它還是男校。」

阿春撿起一顆小石子，擲向空盪盪的原野。小石子畫出一道拋物線，就此消失在原野上。

「如果是森丘的話，我們就可以一起上學了。」

「要是你提出申請，應該可以輕鬆錄取。既然你想上高中，那就先離開這裡吧。」

「我也許不會去。」

「那我就少一個勁敵了，真走運。」

我看了手錶一眼，時間是早上五點半。我還能在這裡待一會兒，但得趕在上課前回去才行。

我望向阿春的手臂，上面的體毛濃密得幾乎看不見縫隙，連手背和手指也長滿了硬毛。感覺阿春變得有點可怕。

「雄也，你現在喜歡誰？」

「怎麼突然改聊起女人啦？」

我皺起眉頭，但實際上覺得稍微鬆了口氣。我瞪著阿春看，露出意外的表情，他正以略顯開朗的表情等我回答。我清咳了幾聲。

「我覺得松坂不錯，但大塚我也捨不得放手，大塚說起話來很迷人。另外，藤岡應該算是候補人選吧。」接著，我像不經意想起似的，又再補上一句：「對了，講到候補人選，佐藤也滿可愛的。」

「同時有四位。」

「我想造一座後宮。只挑好的部分，建造一座完美的後宮……啊，不過佐藤可能喜歡你哦。因為前不久她還問我，阿春有沒有喜歡的人。這次她也很擔心你，一直問我你去了哪裡。」

阿春笑了。

「她正和某位學長交往呢。」

「我知道。排球社的前里學長對吧？但是兩人看起來不像在交往。總之，佐藤現在應該是喜歡你，你就露個臉吧。」

「我很不喜歡佐藤。」

「咦，為什麼？她的個性不錯啊。」

「那跟我有什麼關係，反正我就是不喜歡她。對了，你不覺得藤岡這個人怪怪的嗎？你說的藤岡，是藤岡美和對吧？」

我忍不住笑了出來。

「怪的人是你。藤岡美和很棒呢。雖然看起來有點土……難道你不懂什麼是純樸之美嗎？你今天到學校睜大眼睛看仔細吧。拜託，怎麼跟你這麼聊不來啊。」

阿春微微一笑，露出不服氣的表情。我們接著又聊了一會兒同學間的事。聊完後，我對他說道：「你不回去嗎？」

阿春搖了搖頭。

「因為我已經完了。回不去了。」

已經完了？

「哪有這回事。只要沿著水渠……」

「別說了。就你來說或許沒問題……」阿春擺出一副沒什麼大不了的樣子，繼續說下去。「但是那條水渠看在我眼中，卻只是一般的地面。」

我眨了眨眼。

「你說什麼？」

阿春搖搖頭。

「它就只是地面，從昨天開始就是了。我眼中的原野和你眼中的原野，應該是不一樣的。」

還有──阿春接著說道。

「這塊土地四面不是被岩壁包圍嗎？那岩壁好像會隨著時間經過漸漸變得又薄又透明。」

我站起身走出屋外，瞇起眼睛望向四周。垂直聳立的絕壁，非但沒變薄，也沒變透明，甚至還給人一股壓迫感。

「沒什麼不同啊。」

「所以我才說你和我不一樣。就我來看，前方就像海市蜃樓般，原野變得透明。而且是更為遼闊的原野。」

「你站起來一下。」我開始有點不耐煩，伸手探向阿春背後。他這番話，我一時之間無法置信，所以想拉起坐在地上的他，和他一起看岩壁，帶他走到水渠前。

而就在我伸手碰觸到他肩頭的瞬間──

他的肩膀處突然冒出一道漆黑的圓形波紋，那觸感就像伸手插進灰塵當中。

塵粒漫天飛舞，同時散發出一股泥土與薄荷的氣味。

我急忙縮手。阿春的肩膀變得像黑霧般模糊。我看過這一幕，和那天的怪物一樣。

看著看著，他的肩膀又恢復了原狀。

「剛才看起來就像影像變模糊了。」

我悄聲說道，阿春一臉納悶望著我，應了一句「你在說什麼」。也許他還沒發現。我想也沒想，就以一句「沒事」敷衍帶過。

「你是阿春對吧？」

「你是雄也對吧？」阿春似乎覺得很無聊，如此應道，接著又重複之前說的那句話：「就只是一般的地面。」

我這才明白，事情已演變到無法抽身的地步了。他看起來像是在這裡和我說話，其實卻不在我所能干涉的領域內。

4

「雄也！」

下課休息時間，走廊上突然有人從背後推了我一把，是佐藤愛。

從國三同班後，佐藤愛總會直呼我的名字雄也，對阿春則是叫他椎野同學。不知道為什麼。

「我問你，椎野同學為什麼都沒來上學啊？」佐藤隨意搖晃身子，如此問道。

「我不知道。」

「聽說他離家出走，是真的嗎？」

「是嗎？我不是說我不知道嗎。」

「可是他和你是好朋友啊。難道你沒聽到什麼消息？」

「沒有，什麼也沒聽說。」

「不要瞞我。」

佐藤抬頭注視著我。

霎時之間，我們成了「在走廊上凝望彼此的兩人」，既甜美又教人難為情的氛圍飄過我們。不，或許只是我自己有這種感覺，事實上根本就沒有什麼甜美的氛圍飄過。我急忙把臉轉開。

「幹嘛一直盯著我瞧。」

「沒什麼。」佐藤呵呵淺笑。「我只是覺得你的表情好像在說謊。」

妳哪看得出來啊，我心想。妳又看得出什麼？

「要是你和椎野同學之間有什麼秘密的話，也要讓我知道哦。我絕對不會告訴別人的，讓我加入嘛。」

「哪有什麼秘密啊，真肉麻。」

「是嗎？雖然只是我個人的直覺，但我總覺得你們之間好像藏有什麼秘密。你們在某些奇怪的方面很合得來不是嗎？對了，你決定好要唸哪所學校了嗎？」

「還沒決定，佐藤妳呢？」

「當然是森丘囉。要是能一起唸森丘就好了。」

「是啊。」

「椎野同學也會一起唸森丘呢。」

「他要是能去唸更好的學校就好了。」

「聽說他想獲得推甄資格。」

「妳可真清楚。」

一群玩捉迷藏的學生從旁通過，嬉嬉鬧鬧。佐藤突然轉頭就走。

我喚住了她。

「佐藤，妳聽過獸原嗎？」

佐藤愛露出訝異的表情，食指抵著臉頰，沉思了片刻。我正要開口說話時，她伸手制止了我。

「有了，你先等一等，別講話，因為我快想起來了。好像是很久以前存在於美奧的一處可怕的地方，對吧？」

「啊，妳知道？」

「是聽我媽說的。我媽是外地人，但她對本地的事卻很清楚。聽我媽說，要是把貓丟在那裡，一個禮拜後，貓會變成狗，自己跑回來。」

什麼？我不由自主反問。佐藤愛朗聲應了一句「我也不太清楚」，發出銀鈴般的笑聲。

「還有，每到晚上，那裡就會有怪物聚集。一旦闖進裡頭，便會成為怪物的同伴。咦，為什麼你表情這麼奇怪？」

喂，佐藤，妳說的那個地方，不是「以前存在」，而是「現在還在」，椎野春現在就躲在那裡頭——我差點脫口說出這些話。但就在我開口前，佐藤表現出「這種事一點都不重要」的樣子，直接改變話題。

「我上高中後，要去當偶像明星。」

「咦，偶像明星？」

「沒錯沒錯，我會去參加藝人經紀公司的甄選。很不錯吧？想要我的簽名得趁現在哦。」

我聽得目瞪口呆，她則是一臉開心，笑盈盈地轉身離去。我聽見聚在走廊角落的幾名女學生竊竊私語地說著：「佐藤最噁心了，去死吧。」

放學後，我前往美奧中央圖書館，打算調查「獸原」之事。

聽到佐藤愛立志當偶像明星的宣言後，我莫名產生一種失戀的感覺，有點意志消沉，但我現在沒時間為此煩惱。

我從鄉土資料區抽了幾本書，走向桌子。迅速翻了幾頁後，又重新放回架子上，同樣的動作一再反覆。

有本書叫《美奧的民間傳承》，好像是民俗學研究學者自費出版的，裡頭有我想要找的描述。

「化生岩．獸原」

化生岩發祥於江戶時代初期，據說當時空中飛來巨岩，墜落於美奧原野。之後，有牛隻在巨岩前死去，歷經三夜後，化為大白鷺飛離原野，因此人們認為巨岩中有神明棲宿，故祭祀之。此外也有傳聞說：半夜靠近巨岩所在的原野，或是碰觸巨岩者，將化為野獸。

因此當地人士又稱之為「獸原」。

據說饑荒時，將死者擱置在原野上，歷經三夜後，屍體會消失，村裡會出現成群牛豬。

這項信仰一直延續至明治年間，後來因神社合祀政策❷，神社遭到破壞，就此荒廢。

據聞化生岩所在的原野，就位於藤森地區，但正確位置不詳，可能是隨著該地區的開發而消失。

從最後一句描述可以清楚明白，這位作者並不知道現實中的「獸原」為何。雖然這句話也可以迂迴地解讀成「作者知道真相，但為了隱瞞其存在才刻意這麼寫」，但若真是如此，應該打從一開始就不會加以介紹才對。

在圖書館關門前，我一直在裡頭查資料，但始終無法取得和獸原有關的進一步資訊。雖然聊勝於無，但得知這項真假難定的傳聞也於事無補——只要待在那裡，就會產生變化。

那天夜裡，我熄去房裡的電燈，躺在床上望著牆壁。

阿春沐浴在月光下，受「獸原」的強烈影響，正不斷在改變中。

我無法阻止他。

我醒來時，天色仍舊昏暗，床邊鬧鐘顯示現在時間是四點。我迅速換好衣服，衝出屋外，跨上單車。

5

阿春蹲坐在荒屋裡。一見我現身，他立刻抬起頭來。他的頭髮又增長了不少，整張臉濃毛密布。瞳孔的顏色轉為金色，愈來愈不像人了。

「嗨，雄也。」他聲音是沙啞的。

「我從便利超商買來了不少東西。」

我將漫畫雜誌、兩公升裝的烏龍茶、裝有三明治的塑膠袋擱在他身旁。

阿春瞇著眼望了一眼。

「你還睏的話，就睡吧。」

「不，我不要緊。」

我戰戰兢兢地坐在阿春身邊。

「你在害怕嗎？」

「有一點。你看起來很像狼人。」

阿春朝自己手臂的濃毛望了一眼，接著把臉埋在雙膝間。

「岩壁變得愈來愈透明，我就快要自由了。再過不久，我便能離開這裡。不過，那不是你們

❷將多個神社的祭神遷往同一座神社祭拜，並廢除其他神社的一項政策。主要於明治時代末期執行。

的世界，而是另一個地方。你們從未見過，也從未去過的地方。」

「什麼地方？」

「一個更遼闊的原野世界。」

「你不可以這樣。」

「為什麼？」

「你這樣不是很像自殺嗎？」

阿春抬頭瞪視我，他倏然起身，一把抓起我買來的三明治袋子，狠狠砸向地面，一腳踩個稀巴爛。

我正想向他抗議時，鼻頭突然感到一陣灼熱的衝擊。我鼻血狂湧，阿春動手揍我了。我沒有和他打的意思，就只是手按鼻子，抬頭看他。

阿春瞪大眼睛，不發一語，以充滿不屑的語氣說道：

「你又不是我，憑什麼說我不可以這樣。」

我心想，阿春說得沒錯。一切就像謊言一樣，就像站在一位明白自己離死不遠的癌症末期病患的病榻旁，對他說「你不可以死」、「好好加油」。不過，我不知道自己該站在哪一邊，該說些什麼才好。

「你快回去吧。」

我按著鼻子，沉默了半晌。我在心中暗忖，要是就這樣回去，一切就結束了。這件事會永遠擱在我心裡，揮之不去。

「對不起。」

過了一會兒，阿春竟然為剛才揍我的事道歉了，他垂首不語。鼻子的痛楚消退後，我開口問道：

「沒關係啦，我沒事。阿春，告訴我你媽那具屍體的事吧。」

「為什麼？」

「我就是想知道嘛。到底是發生了什麼事才變成這樣？」

阿春嘆了口氣，顯示他放棄守口如瓶了。

「自從她來到家裡後，一切全都走樣了。我老爸並不想和她復合，但偏偏她是我媽，我老爸不得已，只好將她安頓在家裡。『男人就要有寬宏的度量』，這是我老爸的口頭禪，但到頭來，這種義理人情，只不過成了別人利用的工具……算了，這不重要。結果他們還是無法和睦相處。誠如我所預料的，我媽只是走投無路才來找我老爸。都這把年紀了，還老喜歡做些惹人厭的事，不斷測試周遭的人對她有多大的包容力，她就是這樣的人。」

「然後呢……」

「感覺那好像是許久以前的記憶，甚至會覺得一切都無所謂了。只要待在這裡，就覺得時間的流逝變得很奇特，一小時的時間宛如一年。」阿春打了個哈欠。「之前因為沒必要，所以我一直沒告訴你。其實我第一次造訪這裡，並不是小五那年和你一起來的那一次。」

那是我五歲時的記憶，我曾和我媽一起來過這座原野。我不知道當時是怎麼進來的，應該是我睡著時，我媽背著我通過水渠，帶我走進這裡的。

我們就像在野餐似的，坐在原野的岩石上。只有我媽和我兩人，沒有別人。

當時她還很年輕，一直靜靜望著我。

她當時的眼神並沒有帶給我安心的感覺，反而是有點恐怖。我媽的膝蓋上放著一個橘色的水壺，她取下水壺的杯蓋，往裡頭倒茶。

接著將杯子遞向我。

我還記得她塗有指甲油的纖細手指，以及上妝的臉龐。她手中的杯子微微顫抖。

她沒叫我喝，就只是不發一語地遞向我。

我雙手接過杯子。

如果是在其他狀況下，我應該會拿了就喝。媽媽替我倒的茶──當然是毫不猶豫就喝了。但當時我看到她臉上浮現緊張的表情，感覺事有蹊蹺。周遭的森林和草木，都不斷沙沙作響，彷彿在我耳邊細語，警告我不能喝。

那塊圍有草繩結的巨石就在不遠處。

我還記得很清楚，有些事是身為幼兒才會清楚明白的。我深切感受到這是一個孤立之地。或許是因為四周被岩石包圍的緣故，但不只是這樣。那感覺就像只有我和媽媽兩人待在一座無人島上。那裡散發出不可思議的氣息，雖然被人類世界孤立，卻似乎與另一個世界相通。

我手握杯子，等著看媽媽會對我說些什麼。也許她不會叫我喝，而是叫我丟掉。

我媽什麼也沒說。我一直抬眼靜靜觀察她的表情，此舉似乎令她開始感到心浮氣躁，我愈來愈害怕了。我不想喝，但我覺得要是不喝的話，一定會挨罵。話說回來，在我面前的人，真的是媽媽嗎？該不會是披著媽媽外皮的某種可怕怪物吧？

我將茶含入口中。

母親把視線從我臉上移開，微微低頭，手撐向前額，發出一聲長嘆。

我趁媽媽把臉轉開時，偷偷把嘴裡的東西吐向草地，我確定她沒發現。

我媽低著頭，雙手掩面，沉默了半晌。

我將杯子還給媽，對她說道：

「我已經喝了，我們回去吧。」

「原諒媽。」

她抬起頭來輕撫我的頭。淚水在她眼中打轉。她為什麼哭呢？我看了不禁也跟著難過起來。

我感到昏昏欲睡，意識遠離。也許是疲憊想睡，也可能是媽媽摻在茶裡的成分多少有一些跑進我胃裡。

我作了一個夢，宛如在深海裡沉睡了一萬年之久。

漆黑濕滑的水包覆我全身，白色的藻屑飛揚。那裡沒有晝夜之分，只聽得見自己的心跳。

當我醒來時，已是晚上了。

我仰躺在草叢中，滿天繁星在空中閃爍。我應該是邊睡邊吐吧，我嘔出的穢物就在一旁。

我感覺背貼著地面，心想，難道是這裡的地面不肯放我走？我勉力站起身，想與地面分開。

風從原野上吹過，發出一陣沙沙聲響，就像舞台響起一陣喝采一樣，旋即又歸於平靜。

我找尋媽媽的身影，但始終遍尋不著。

我頓時明白自己被獨自留在這空無一人的封閉土地上了，那時好冷。

我聽見遠方傳來狼嗥般的聲音。多年後我才知道日本沒有野狼，但當時我以為那是狼嗥。

前方立著一道黑影。

是名身穿和服的男孩，比我還大幾歲。如今回想起來，他應該不是人類。但當時的我心想，現在只能求助於那道黑影了，於是向前請他幫忙。

「我想回家。」

男孩思考片刻後，不發一語地牽著我的手。

我們走出水渠，來到有幾盞日光燈的昏暗路上，這時，男孩出聲喚住走在前方的一名女子。

「佳苗小姐。」

那位名叫佳苗的女人回過身來，我大吃一驚。她是我的托兒所老師——佳苗老師。

佳苗老師一發現我，也發出一聲驚呼。

「這不是小春嗎？你怎麼自己一個人在這兒？」

自己一個人？

我環顧四周，已不見那名身穿和服的男孩。

佳苗老師手裡拎著購物袋。

「你的媽媽或爸爸呢？」

我死命搖頭。見到托兒所老師後，我大感放心，同時開始感到害怕，蹲在地上開始放聲大哭。

托兒所老師背著我回到家門前。

我害怕，不敢踏進家門，總覺得家人不會接納我。一輛巡邏車停在我家門前的馬路上。按了門鈴後，我老爸出來應門，他睜大眼睛望著我。接著他咆哮似的朝家裡大叫一聲：「喂！」

我媽和警察快步衝向大門。媽媽用誇張的動作抱緊我，淚流滿面，說道：「啊，太好了、太好了。」我的寶貝。太好了，小弟弟，很害怕吧。你沒事吧？有沒有哪裡受傷？

我鬆了口氣。啊，太好了，我可以待在家裡。之前我是在惡夢中，現在一切都恢復原狀了。

他們說媽媽和我是在公園走失的，我沒出言反駁。因為我心想，既然大人這麼說，應該就是那樣吧。之前我假裝喝水壺裡的茶，然後又把它吐掉這件事，我也沒有提起。因為我總覺得，一旦事情往「某個方向」發展，好不容易重拾的心安就會再次瓦解，重新被帶回那場惡夢中。

數天後，我媽失去了蹤影，簡直稱得上是失蹤了。她突然跑到美國去。

小五那年，我和你一起進入原野的時候，我非常害怕，渾身不舒服。起初我不明白是怎麼回事，但在返家的路上，我想起了一切，啊，原來我之前曾經去過。

此地四面為岩壁環繞，在美奧是一處沒人會來的特殊場所，只要不知道入口在哪兒，便會困在裡頭出不去，活活餓死，我重新確認了此事。原來那不是一場惡夢，這個地方真的存在。

我也明白我媽當時在打什麼主意了。我悲從中來。

之前我也曾告訴過你，我媽去年回來了。

她似乎完全沒料到我還記得「獸原」的事。她當時想對我做的事，也許她早忘得一乾二淨了。

她口中講出的話都很稀鬆平常，像是「要好好用功」、「泡澡時，要考慮到後面要泡的人，得保持乾淨」之類的，但聽了還是令人火冒三丈。

不知為何，她身上總有不少錢。心情好的時候，她隨手就給我一筆零用錢。想必她認為我扭曲的情感，全部都能靠錢來解決。

她總是毫無意義地給我零用錢，有時五千，有時一萬，多的時候，甚至一次給三萬日圓。

——小春，這個你留著用。

就像這樣。當然啦，單就這方面來說，我也覺得不錯。我用她給我的錢買衣服、買CD，或是存進撲滿。我從沒開口要求過她，是她自己要給我的。

媽媽並非整天待在家裡，她總是四處跑，時常一出門就數日不歸。也不知道她是否在外頭有工作。

她給我的錢到底是從哪裡來的？

我試著跟蹤她。基本上，她在哪裡做些什麼事，我完全不想知道，但她給我的錢是從何而來的，我很想弄個明白，搞不好這些錢是她在某個地方辛苦流汗掙來的呢。

我調查後發現，她賺錢的地點好像是柏青哥店。雖然不知道她是否有專業柏青哥高手那樣的賺錢本事，但想必本領不差。我向老爸透露此事。

「那傢伙都是靠打柏青哥賺錢呢。」

本以為我老爸聽了會很憤慨，沒想到他只是眉頭微蹙。

「那也還好吧。大人要怎樣用自己的錢，是她的自由。覺得不該學的事，就不要學，你如果能做到這點就好了。」

如果是自己賺來的錢，確實就像老爸說的那樣，但那真是她自己的錢嗎？會不會是生活救濟金？不是老爸給的錢嗎？不是她向其他男人搶來的錢嗎？會不會是已故的外公、外婆留給女兒的財產？

「該把她趕出去了吧？」

「沒必要這麼做吧。而且你再過幾年，就會離開這個家，自己獨立生活。到時候不管父母怎樣，都和你無關了。況且，她畢竟是你媽。不管憎恨有多深，母子之間的親情，不是說斷就能斷的。」

我還是無法接受。

我下定決心，向我媽提議道：「我想和妳私下聊聊。」假裝想和她討論以後的出路。

就在上個星期六，我們不發一語地走著。

「我知道有個很有意思的地方，就在那裡。」

當我走下水渠時，我偷瞄了一下她的臉。她面無表情，我看不出她的心思，但想必她已料到我要帶她去什麼地方了。

前往「獸原」，往兒時記憶中的那座岩石走去。

天空出現數道細長的白雲，亮白耀眼。

我讓媽媽坐在之前那塊岩石上，和那天一樣。她就像人偶般，不發一語照著我的話做。我原本猜想，當她知道要前往「獸原」時，或許會開始講一大堆藉口，但沒想到她竟然如此聽話，真是出乎我意料之外。

我讓她坐在岩石上，接著站在她面前，雙臂盤胸，以誇耀勝利的姿態俯看她。

妳打算怎樣？

以前妳帶兒子來的這座「公園」，我早就發現了，那天的事我可是一丁點也沒有忘記呢。好啦，那天的事妳怎麼解釋？妳會覺得羞愧嗎？

妳自己是個什麼樣的人，在我眼中是什麼形象，這都不是用這點小錢就能矇騙過去的，妳明白了嗎？

突然間，草叢裡一個鮮橘色的東西映入我眼中。在這放眼全是自然景物的風景下，這個異物顯得特別醒目。

我緩緩走向它，拾起那橘色的水壺。

它幾乎沒半點髒污，外觀還相當漂亮，簡直像昨天來這裡遠足的母子不小心忘在這裡的。塑膠光滑的橘色壺身看起來像被一層薄薄的朦朧光膜包覆著。

我直覺它就是那個水壺。我曾在某本書上看過，在沒人清掃的無人島上丟棄垃圾，就算十年、二十年、三十年後，垃圾還是會一直留在原處。這個水壺也一樣在這裡擱置了十年……

它一直在這裡等待我今天到來嗎？

我不知道。真有這種事嗎？

我輕輕晃動那橘色的水壺，發出咕嚕咕嚕的聲響。裡頭裝著東西。

後來我所做的事，只是一時興起。如果換作別人身處同樣的情況下，應該也都會想這麼做才對。

「媽。」

我稱呼她一聲媽，自從她去年回來後，我從未這樣叫過她。我露出得意的笑容，讓她看那個水壺。

我緩緩取下杯蓋，將壺中的液體倒入杯中。本以為會流出發臭的液體，但倒出的紅褐色透明液體卻完全不會給人不潔之感，也沒發出任何怪味。儘管我一點也不想喝，但它看起來冰冰涼涼，相當可口。

我臉上泛著笑意，向媽媽遞出杯子。那天的情景重演了。

我媽接過杯子，驚詫地望著它，冷漠臉龐不帶任何感情。

風停了，草木就像屏氣斂息般悄靜無聲。

她不可能喝的。我只是希望她別再矇混，好好想想自己以前的所作所為。對此感到羞愧，淚流滿面地找藉口搪塞，反省，謝罪。如果她這麼做的話……

如果她這麼做的話，我會考慮原諒她。

今後要重新建立彼此的關係，得先做個了斷才行。只要她道個歉就行了，沒必要喝下它。

但我媽卻將它一飲而盡。

接著她看著我，彷彿在對我說：「這樣你滿意了吧？」

我驚訝地望著她，她也茫然地望著我。我瞥向水壺底端，上頭有一行麥克筆寫的「小花班椎野春」，已經快看不見了。那是媽媽的字。

一分鐘過了。我死命祈禱什麼事都別發生，祈求水壺裡的水只是變質的烏龍茶，希望她拉個肚子就沒事了。

媽媽的雙眼開始失去神采，她低下頭，從岩石上滑落了。

十年前，我在這裡醒來時聽到的喝采聲於風中響起。

我手中的水壺掉到草地上，我快步衝向前。

我媽她痛苦呻吟了兩、三聲，就斷氣了。

之前我在這裡昏倒時，到晚上便自行清醒了。搞不好媽媽到晚上也會自己醒來，於是我決定在這裡等到晚上。

在太陽西下的這段時間，許多念頭不斷在我腦中掠過，我想了好多沒意義的理由。

她為什麼喝下它呢？她不可能誤以為這是一般的茶，這點看她的表情就知道。明知如此，她還是喝了它。她認定自己的人生到了終點，才喝下它。

我之前完全沒想到這個裝有毒液的水壺會擺在這裡，該不會就是我媽自己安排的吧？會不會她早看出我會帶她來這裡？

只要媽媽沒活過來，便無從得知。這樣根本不算是做個了斷，簡直就是夾著尾巴逃跑。最後被逼到這一步，卻又逃跑了。難道她認為這是悲哀的她最適合的葬身之所？再也沒有比「看別人陶醉在自我滿足的理由中」更教人鬱悶的事了。

快起來啊，我焦躁地在心中暗忖。夠了，妳快睜開眼睛吧，蟲子會吃妳哦。但媽媽還是動也不動。喂，都這時候了，妳還是非得給人添麻煩才高興是吧？

四周變得一片黑暗，過了一會兒，我發現不管我再怎麼想，也改變不了她躺在這裡的事實。也就是說，我殺了自己的媽媽？

我沒有絲毫復仇成功的滿足感，反而是遭人背叛的感覺很強烈。我的世界突然變得冰冷、崩解了。這可一點都不好笑啊。

我坐在媽媽的屍體前。她曾唸繪本給我聽、替我烤蛋糕、背我，儘管我不願想起（明明以前從未想起過呀）這些過往畫面，它們卻還是一一浮現我腦海。我無比後悔。

有人坐在綁著草繩結的岩石上，注視著我。是我小時候那名身穿和服、在夜裡現身的男孩。男孩靜坐不動，以冰冷的眼神看著我。

他雖什麼也沒說，但感覺就像在問我——你打算怎麼辦？

你打算怎麼辦？想回家嗎？

好像突然強迫我做出某個重大的抉擇。要回家嗎？我不知道自己該如何背負這個罪，我也沒辦法裝作若無其事地去上學。我不要回家。這個念頭很強烈。我不要回家，我不想回家。

我拾起地上的水壺。雖然杯蓋已經掉了，但裡頭的茶還剩一些。我以前從未想過要尋死，但我在短暫的瞬間做了決定。我在媽媽身旁發現杯子，伸手拾起它。

將液體倒入杯內時，我流下眼淚。或許可說是一時亂了分寸，失去理智吧。那時我已無法思考了，我將它一飲而盡。

我覺得眼前一黑，之後就倒臥在地了。

黑暗中，我覺得自己彷彿回到了十年前倒臥的地方。總覺得真正的我，好像老早以前便喪命於此了。若是翻開這裡的泥土，也許可以找到年幼的椎野春遺留的白骨。

會不會我原本便是生活於山野間的無名存在呢？會不會我是後來遇見被捨棄在此、名為椎野春的可憐小孩，才借用他的記憶和身體，在自己也不清不楚的情況下生活於人類社會中呢？

我數度失去意識，連我也不知道自己是生是死。陷落黑暗，溺於黑暗。痛苦到極點後會失去意識，片刻過後，會再飄然浮起，但不久後黑暗之底又會有某個東西一把抓住我的腳，將我拖回黑暗中……這樣的情況不斷反覆。

我明明是自願的啊，可是一旦開始感到痛苦，理性和自尊便會消失，只想靠本能活下去。我想活下去，我想活下去——每當我如此默唸、使勁掙扎時，就會感覺有一小部分的原野滲進我體內。我想呼吸，想拚命呼吸。草的氣味漸漸中和了毒性。

當我醒來時，自己正身處於黎明前的昏暗中。

我終於掙脫了。我暫時感到鬆了口氣。

我站起身，發現襯衫上沾了嘔吐物，一股惡臭傳來。

媽媽仍舊躺在地上。我滿懷期待靠近她身邊，但她還是沒有呼吸。她應該也一樣陷在黑暗中吧。之所以沒醒來，難道是因為她沒有掙扎，不想活下去嗎？還是我小時候服過微量的毒液，因此形成了免疫力？是體力的差異？或是另外有某個我不知道的原因存在？

我想回家。但已找不到水渠了。

原野的氣氛變得與過去迥異，它顯得特別的藍。

遠處的岩壁看起來變薄了。過去認為是現實的事物，似乎離我愈來愈遙遠。

阿春說完後，歇了口氣，莞爾一笑，似乎覺得有趣。

「然後你就來了。正當我覺得再也遇不到任何人的時候，你突然從土裡冒出來，四處張望、一臉呆樣。」

我試著伸手戳向阿春。戳碰的地方果然沒有帶給我任何觸感，只有一道黑霧浮現。

「接下來會變怎樣？」

「你會成為一名高中生，我會變成一頭野獸。這是當然的啊，傻瓜。」

阿春將那覆滿黑色濃毛、宛如獸人般的臉轉過來面向我，露出犬齒。

「就算我變成吃人的野獸，你還會是我的朋友嗎？」

「我不知道。」

我老老實實回答他的問題。

「不過，我們現在還是朋友。」

我站起身，在原野上散步。

他母親的屍體始終沒埋葬，倒臥原野上。

我鼓起勇氣走近。

棄置在原野上的屍體應該會以驚人的速度持續腐爛中，但實際上的分解程度不及想像。她的兩顆眼球已經沒了，而且沒半點動靜。她確實已經沒有生命了，但還是和一般的屍體不同。她體內長滿黑色的苔蘚，皮膚到處鼓起，出現像菌類般的生物。

我拿起小石子丟向她，擊中的部分湧現模糊的黑影，和阿春一樣。

回到荒屋後，阿春已經睡著了。

我如果背他，不知道會怎樣？我仍頑強地抱持最後一絲希望，執起他的手。手碰觸的部分立刻崩塌散落，化為一團黑霧。

「不用管我。」阿春閉著眼睛，像在講夢話似的說。

6

那天深夜，我趁家人睡著後步出家門。

浮雲在月光下流動，初夏的夜風吹過住宅街。我踩著單車，緩緩朝「獸原」而去。

我想見阿春最後一面。

整座原野微微散發朦朧亮光，彷彿是滲入土中的魔力被釋放到地表上了。這畫面既寧靜又帶有驚人的氣勢。

我前往荒屋查看，但裡頭空無一人。

我心想，阿春已經前往那遼闊的原野世界了，並對此感到沮喪。

出現在阿春面前的那名身穿和服的男孩，或許也會在我面前現身，於是我坐在圍有草繩結的岩石前等待。

我從懷中取出溜溜球，把它當成護身符，緊握手中。

可能是因為月光的緣故，溜溜球與原野的光芒產生共鳴，發出藍色的燐光。手握電池時會感受到某種沉重、溫熱的力量，此時溜溜球的手感和那很像。

那一夜，時間就像拖著鉛塊般，行進速度非常緩慢。阿春說得沒錯，這裡的時間異常緩慢。

我等了許久，什麼也沒現身。只感到一股孤寂，猶如熄火的暖爐殘留的餘溫。

一陣強風吹起。我不禁瞇上眼，在我睜開眼睛前的那一瞬間，包覆原野的淡淡亮光倏然消失了，回歸為夜晚黑暗的原野。

我望向緊握手中的溜溜球。之前確實蘊藏其中的力量已完全枯竭，它又變回原本平凡無奇的兒童溜溜球了。

我感覺到自己被拒於門外。

我漫無目的地騎著單車，奔馳在初夏夜晚的街道上，與醉漢、剛參加完聯誼的大學生、帶狗散步的中年男子擦身而過。

河邊步道、社區、雜樹林、寺院、學校、市公所、市立游泳池、興建中的大樓、車站前。

在昏暗的住宅街美容店窗上，貼著一張泛黃的海報，我發現海報裡那個面帶微笑的人，和之前我在路上遇到的那名滿臉怒容的大叔，長得一模一樣。髮型就不用說了，連粉紅色的襯衫和服裝也完全一樣。

我驚訝地望著海報時，有隻蝙蝠從大路旁的樟樹飛出，遠處不約而同地傳來狗兒的長嚎。

街角處，一道像貓但又無法肯定是貓的黑色模糊身影倏然躍向圍牆，失去了蹤影。

黑暗屏息潛藏在美奧各處，悄聲低語。存在於美奧的，真的就只有「獸原」嗎？我佯裝什麼也沒發現，持續踩著踏板，向前而去。

屋頂猩猩

屋根猩猩

1

我曾看過野狗打鬥。

地點是在美奧公民館附近的空地。當時我年紀尚幼，穿著浴衣坐在長椅上，單手拿著圓扇，享受涼爽的午後微風。祭神歌舞的樂音從遠處傳來。

這時突然衝出兩隻狗。牠們一面跑一面纏鬥，一頭褐色的狗被兇猛的白狗咬了一口，發出一聲哀嚎。

一位不知名的男孩就坐在我旁邊。

男孩吹了聲口哨，兩隻狗登時停止打鬥，搖著尾巴快步朝我們的方向跑來。

兩隻狗舔了舔我的手之後，似乎明白我不會賞牠們東西吃了。牠們忘了剛才的衝突，和樂融融地在廣場上東奔西跑。

我轉頭望向男孩。

「牠們合好了。」

「牠們一定原本就是好朋友。」

男孩突然補上一句像是突然想到的話，他想表達什麼我至今仍不解。

「人也一樣，有可以讓人和睦相處的酒，只要喝了酒，大家就會變成好朋友。」

我以說教的口吻訓斥道：「不可以喝酒啦。」

男孩點點頭，以略帶炫耀的口吻道：「不過，如果是甜酒的話，我倒是喝過哦。」

「哦，如果是屠蘇酒的話，我在過年的時候也曾經喝過。你不覺得苦嗎？」

我把屠蘇和甜酒混為一談。

有幾名身穿法衣的大人出現在廣場上，開始抽起菸來。

「到了晚上，舞獅會從屋頂上通過。」男孩說著我雖聽不太懂，卻略感興趣的事。

「哦。」我心不在焉地聽他說。

「舞獅會保護我們的市鎮。」

「嗯，我也想當舞獅。」

「那我先幫你預約。」

前去洗手間的祖母已經回來了，所以我站起身。

掰掰。我揮揮手，擺盪著雙腳的男孩也朝我揮手。

祖母握緊我的手，對我說：「不可以和奇怪的人說話。」

那名陌生男孩的聲音和長相，我不久後便忘得一乾二淨了。不過，記憶中他所散發的氣息與幼年時的初秋氣息相互重疊，深植在我心中。

從那之後，我常夢見舞獅悄然無聲地在屋頂的黑影上跳舞。飄然舞動。

舞獅無聲地踩著步伐，頭偏向一旁，輕盈翻身。

夢中的舞獅飄然一躍，朝沐浴在月光下的銀白雲峰飛升而去。

2

十七歲那年九月，我在高中放學返家的路上遇見那名奇怪的少年。

我正在默背期中考要考的化學符號時，突然路樹的樹枝搖晃，某個東西引來一陣旋風，落向地面。

起先我以為是猴子之類的動物，定睛一看才發現原來是名身穿長袖黑衣的男孩。蓬鬆的黑髮，配上一對透出精光的細眼，年紀約十多歲，應該是國中生。是名個頭矮小的陌生男孩。

他擋住我的去路，令我一時呆立原地。這時，男孩道出我的名字。

「藤岡美和小姐。」

他和我一樣是森丘高中的學生嗎？還是……我在腦中搜尋記憶，但我對這男孩的長相沒半點印象。

我等他自己提及我們之間的交集，等了約十秒之久。男孩微微向前伸長脖子。

「呃……錢包。」

「啊！」我從制服懷中取出一個鱷魚皮錢包，是剛才我在飲料販賣機旁撿到的。我原本打算直接送往派出所，我是說真的。

男孩朝我拿出的錢包看了一眼，說沒錯，就是它，說完就收下了。

「我正要送交警方呢。是你掉的嗎？」

「不，是附近一位老太太把錢包忘在這一帶，所以我來幫她找。」

我向他行了一禮，本準備就此離去，但我還是很在意此事，於是便開口問：「為什麼你知道我的名字？」

他面露難色，只應了一句「我就是知道」。

「下次我會好好答謝妳。」

「啊，你太客氣了。」

我一答完話，男孩便跳上圍牆，那跳躍力不像是人類會有的。他貓一般沿著庭院的樹木輕盈地衝上屋頂，從我視線中消失。

我剛才回答他「你太客氣了」，當然是「不必多禮」的意思，不知道是否有傳達到。

隔天，我在放學返家的路上，順道經過甜甜圈連鎖店，在那裡與最近常和我在一起的同班同學佐藤愛碰面，聊到那名奇怪的男孩從天而降的事。

「呵呵呵。」

佐藤愛十指交叉，托著下巴。

「美和，妳不覺得他是個怪人嗎？」

「會嗎？感覺很年輕呢。應該是國中生吧。」

「是十幾歲的性變態吧？」

「是嗎？」

「變態是沒有年齡之分的。依我看，他說不定老早就對妳一見鍾情，一直在後頭跟蹤妳呢？連妳的名字都知道，實在很可疑。搞不好妳晚上往窗外看，就會發現他就躲在暗處一直往妳家窺望呢。真好，這麼有男人緣。」

「可是，那個錢包……」

「那應該是他精心安排的，故意遺落在那裡才能製造機會吧？真好，有這麼熱情的小男孩喜歡妳。」

佐藤愛是個性格獨特又堅強的女孩。

雖然國中也和她同校，但當時我很不想和她這類型的人來往。

當初唸同一所國中的學生，有四十個人進這所高中，但她還是在入學前的那年春假，大膽地跑去做眼睛和鼻子的整形手術，徹底改頭換面——這就是佐藤愛。當初她為了參加藝人經紀公司的新人甄選前往東京，在泡夜店的時候，有個叫克勞巴特的黑人向她搭訕，她就像帶特產回來送人似的把人帶到森丘高中來，想向同學們炫耀一番，結果在校門前吃了閉門羹——這就是佐藤愛。她緊貼著班上大姐頭山添京子的男友安藤，問他「超人力霸王胸前的信號燈，有黃色的對吧？」任誰一看也知道是在裝可愛——這就是佐藤愛。

我想起克勞巴特，於是向佐藤愛詢問他的近況。

「我們分手了。」佐藤愛嘆了口氣。「遠距離戀愛就是這樣。不過，我原本也只是打算日後唱歌時請他在後頭替我伴舞。」

「咦，真的嗎？對了，你們交往幾天啊？」

佐藤愛轉移話題。

「說到那個怪人，他出現在什麼地方？」

「哦，是我放學回家的途中……在尾根崎公園那一帶。」

「啊，尾根崎。」佐藤愛雙手一拍。「就是有很多老房子的地方對吧。那一帶現在還保留傳統的風俗習慣，屋頂上擺著奇怪的東西。」

「哦，這樣啊？」

佐藤愛突然露出不悅的表情，再度轉移話題。

「我說美和啊，我今天戴了藍色的隱形眼鏡，妳怎麼一句話也沒說呢？」

「啊，抱歉。我完全沒發現。」

3

和佐藤愛聊完的隔天，我獨自一人到尾根崎地區散步。

木造瓦片屋頂的老房子櫛比鱗次，每個看起來都很相似。看過眼前屋舍林立的景象後，江戶、明治、町屋、文化財等關鍵字，紛紛從我腦中掠過。我抬頭仰望屋頂，發現每間屋子上頭都擺著石像，既像猴子又像狒狒，不知道是動物、怪獸，還是妖怪。佐藤愛口中「奇怪的東西」就是這個。

我悄悄走進尾根崎公園裡。昏暗的園內除了沙坑和溜滑梯外別無他物，四周有群樹環繞。

我站在老櫻樹旁仰望附近住宅屋頂上的石像時，一個聲音傳來了：「真棒。」

我轉頭一看，一名身穿粉紅色襯衫，頂著一頭自然捲、兩鬢理光的頭髮，外加一圈啤酒肚的大叔，手裡拿著單眼反光相機，陶醉地望著屋頂的石像。

「沖繩有石獅子，美奧有屋頂猩猩。小姐，妳也喜歡是嗎？屋頂猩很漂亮對吧？」

那位大叔深有所感地說道：「文化就是得好好保存才行。」

「請問……那個叫作屋頂猩是嗎？」

「屋頂猩猩，簡稱屋頂猩。」大叔流露驚訝之色。「我還以為妳知道這東西，才會這樣盯著看呢。」

我歪頭表示沒聽過，那位大叔便開始向我說明。

「那是屋頂裝飾物。屋頂上不是會有七福神和鍾馗嗎？雖然現在已經少很多了，但以前這一帶的屋頂都會擺放猩猩的石像呢。」

「猩猩是什麼？」

「是一種喜歡喝酒的妖怪唷，喜歡惡作劇。美奧的猩猩算是家中的守護神。據說會帶來熱鬧和歡樂，能消災解厄。以前好像常在屋頂上設宴，與人類進行交易。」

「哦。」

「很棒對吧。」

大叔一臉開心，拿起相機對準屋頂猩猩，按下快門。

我離開原地，在公園裡晃來晃去，發現公園的柵欄上立著一塊白色看板。

「小心有怪人在此出沒！小五生．望月幽香」

美奧到處都有這種標語看板。彷彿要讓寫的人長大後難堪似的，這類標語總是會被留在路旁。學校裡有個老掉牙的玩笑，內容就是關於某人在自己小時候寫的「禁止丟棄菸蒂！」看板前抽菸。

不久後，天色漸暗，公園廣播播放童謠〈晚霞〉，告知大家現在時間是六點了。不知道喇叭是否有問題，部分聲音聽起來有點走調。

整片天空看起來像飄動著，金黃色的雲朵以同樣的速度往東北方飄去。

我心想該回家了，就走出公園。沒走幾步便發現一家鐵捲門拉下的居酒屋和民宅中間有條縫隙般的狹窄巷弄，我停下腳步。它的寬度，得側身才能通過，似乎一路往內延伸。

有人在巷弄深處架起無數條透明的絲線埋伏其中，等入侵者被纏住再加以捕捉——我腦中浮現這種莫名其妙的幻想，心神不寧了起來。

仔細一想才發現，我活了十七年，對這一帶的印象卻只停留在馬路沿途的景致。這裡是鄉下小鎮的一隅，平凡無奇，不會讓人留下深刻的記憶。

但如今尾根崎地區已成為美奧內一處昏暗老舊的聚落，從周圍的平凡景色當中脫穎而出。

我看見一隻貓橫越巷弄深處。

接著，一隻體型比貓還大、全身覆滿紅毛的野獸，也若無其事地跟著橫越。

我大吃一驚，這時，那頭未經確認的生物已不見蹤影。

「妳在做什麼？」

我回頭一看，之前那名男孩就站在我面前。

他腋下夾著一個黑色包袱。

「啊，你是上次那位……」

我以漠然的表情向他行了一禮。

「我問你，這一帶有什麼奇怪的動物對吧？」

男孩的表情為之一沉。

「沒錯……妳看到了是吧。」

「是看到了，不過……」我略感不安。「只瞄到一眼。」我又補上一句替自己解釋。「也許是我看錯了。」

我們之間瀰漫著沉默。

男孩解開包巾。

「我剛好路過這裡，不過這樣正好。我得到了鴿子酥餅，是老太太給我的。拿去，是上次妳撿到錢包的謝禮，請收下。」

我收下裝有鴿子酥餅的鐵罐。

「你叫什麼名字？」

「孝廣。」

「你是國中生還是高中生？幾年級？」

「這是秘密。」

他有一張娃娃臉，怎麼看也不覺得年紀會比我大。

「為什麼？你唸哪所學校？」

「我現在沒上學。因為這種事和我沒什麼關係。」

「沒上學？意思是你休學嗎？還是你拒絕上學？」

「我現在沒上學。」孝廣面有難色，又重說了一次。

「上次你從天而降，我有點在意發生了什麼。」

「哦，因為我在屋頂上看到妳。」

要是走地面的話，或許就不會嚇著妳了，但若是這麼做也許會跟丟。從屋頂直接過去，又快又近，所以我一時就……

我們站著聊了半晌，但到頭來，除了「孝廣是尾根崎地區的居民」這點，其他仍是一無所悉。問他為何知道我的名字時，他總是轉移話題。

回家後，我將鴿子酥餅丟進垃圾箱裡，因為我不知道裡面包了些什麼。不過，送我鴿子酥餅、自稱是孝廣的男孩，我倒是不會特別討厭他。

午休時，我獨自一人吃便當，這時，木下好離開同伴，來到我身旁。

「藤岡同學，妳是佐藤愛的朋友嗎？」

「才不是呢。」

「妳最好別跟佐藤當朋友哦。」

「不，我們不是朋友。」

佐藤愛現在和她的限時男友（據她所言，她打算第二學期前半便結束兩人的關係）持田雄也在通往屋頂的樓梯間吃午餐，不在這裡。

「藤岡，妳知道我們都叫妳什麼嗎？」

「叫我什麼？」

我詢問後，木下好應了一句「不知道耶」，臉上泛起不懷好意的笑容。既然她自己提出這個問題，怎麼可能不知道答案。

「想知道嗎？」

「還好。」

木下好轉身走回同伴身邊。傳來猴子老大山添京子向木下好大吼的聲音：「妳有沒有跟黑麵包講清楚？」

看來，黑麵包是我的綽號。是因為我膚色黑嗎？還是我換體育服裝時，身上穿的是黑內褲❸？難道我的黑心被她們給看穿了？我對那語意不明的綽號做了諸多猜測，不過算了，她們是猴子，沒必要跟她們一般見識。

第一學期時，山添京子邀我和她們那夥人一起吃便當，我拒絕了，之後她們便不斷排擠我。有人邀我一起吃飯我很高興，但那天午休我剛好得送遲交的美術功課到老師辦公室。

我辦完事準備回教室時，同班的男同學柳原在走廊上叫住了我。

柳原是一個樂團的吉他手，他們要舉辦表演了，所以問我要不要買張票。這畫面碰巧被那三人組撞見，她們忿忿不平到了極點。可能是那三隻母猴子當中有人對柳原有好感吧。

從那之後，她們動不動就對我伸出猴爪：不是把我的室內鞋丟進女廁，就是用麥克筆在學校的課桌上寫粗話，說我到處和人上床。

我瞄見佐藤愛出現在教室門口，趕緊把臉轉開。

「美和！妳聽我說哦。」

佐藤愛無視我不想搭理她的暗示，笑容滿面，蹦蹦跳跳地朝我的座位而來。

啊，我感受到銳利的目光向我射來。

「我打算要出寫真集。」

「咦？」什麼？

「拜託，幹嘛那麼驚訝。」佐藤愛轉動她那骨碌碌的大眼，神秘兮兮地壓低聲音。「目前還沒決定，因為好像很花錢呢。不知道有沒有哪家出版社可以算便宜一點。」

問過詳情後才知道，佐藤愛打算自費出版一本寫真集，自己當模特兒。

第六堂的化學課結束，從實驗室返回教室後，我發現原本放在我書包和課桌抽屜裡的教科書全被丟進了垃圾桶。

真是夠了！我喃喃自語。學校裡有這些猴子，真受不了！

❸日文的內褲（パンツ），與麵包（パン）音相近。

4

很久以前，我就習慣在晚上偷偷寫些文章了。我寫的不是日記、新詩，或是小說，而是實用方法書。這種沒人看的實用方法書幹嘛寫得那麼認真呢？我自己也有過這樣的質疑，但在創作衝動的驅使下，這也是沒辦法的事。

我目前正在寫的書叫《從實例學習何謂高中生人品》。

我指出班上每個人的人品缺點，溫柔地加以導正後，告訴他們怎麼做會更好——這就是本書的內容。

我完全不打算讓這本書問世，生於黑暗，最後又歸於黑暗，這是它的宿命。世上應該有數不清的文字，在沒人看過的情況下就佚失了吧。

我翻閱寫滿文字的筆記本。一想到那些猴子們的惡行，便有一股黑暗的想法湧上心頭，但我並沒有跟著這股衝動走。我感覺到文字像生物般蠢蠢欲動，於是我闔上筆記本。

我夢見了舞獅，好一陣子沒夢過了。每年到了秋天，總夢見牠夜裡在屋頂上跳舞的情景。

我發現那獅頭長得很像人臉。那不是常見的獅頭，而像是獅子、猴子，以及人類的混合體。

啊，那不就是屋頂猩猩的臉嗎？我在夢中如此想著。

猩猩臉部下方的紅布搖曳著。

這麼說來，這不是獅子舞，而是猩猩舞囉？每當牠在屋頂上飄然飛躍時，總會有從某處飄下的落葉隨之舞動。

不久後，猩猩舞化為一團枯葉，在月下隨風飛散，消逝。

我一覺醒來，已是星期天的早晨了。

我沒有特別的預定行程，所以又睡了回籠覺。醒來後，我突然很想再去看看屋頂猩猩的臉，於是便動身前往尾根崎地區。

尾根崎公園一如往常，空盪盪的、沒什麼人氣。踏進公園後，我發現孝廣正在爬樹。

孝廣肩上掛著一個背包，手裡拿著工具，不知道在忙什麼。我站在樹下叫喚他，他望向我，朝我揮手。

「你在做什麼？」

「修理喇叭。」

樹枝上架著每到傍晚六點便會播放〈晚霞〉的喇叭。

「裡頭的配線好像有點接觸不良。不過我已經修好了。」

語畢，孝廣一躍而下，總覺得他突然顯得成熟許多。當他收拾工具時，我發現他的背包裡有錄音機和麥克風。

「這是什麼？」

「我在錄鳥的聲音，這也是別人委託我的工作。是一名國中生委託的，說要在文化祭裡舉辦『美奧生物展』，他好像計畫要播放鳥的叫聲。」

「什麼？這種事怎麼能委託別人做呢。明明要自己做才對啊。」

「他好像自己會四處收集鴿子和烏鴉的叫聲，但如果鳥巢在屋頂或樹上，他就沒轍了。所以我有空的時候，都會多少幫他點忙。」

我拂去褲子上的灰塵。

「要一起吃午餐嗎？」

我們走進家庭式餐廳，找了一張餐桌面對面坐下。

「你或許會覺得我很糾纏不休，但我還是要請你告訴我，你是從哪兒得知我名字的？」

孝廣沉默不話，沉思了片刻，這才開口。

「我是妳的迷。」

我歪頭表示不解。這根本不成答案，而且「迷」這個字的語意很微妙，它可以指愛情方面有好感、對特定能力有好感、對人品有好感，或單純只是表達說話者想替人加油打氣的心意……

「哪方面的迷？」

「嗯。」

「不要敷衍帶過。」

我抱持淡淡的期待將身體傾向他，他深深注視著我，彷彿要看進我眼睛最深處，之後他道出驚人之語。

「妳去年在尾根崎公園丟棄一本筆記對吧？被我撿走了。當時我正好在屋頂上看到。」

我一時間啞口無言。

一股羞慚湧上心頭，教人很想大哭大叫，四處亂跑。

是我的實用方法書……

是去年春天沒錯。當時我不知如何處理自己寫的方法學習書，深感苦惱，最後決定將書裝進黑色塑膠袋裡，丟到尾根崎公園的垃圾桶。我四處找尋丟棄的場所，正巧路過了尾根崎公園。

這是我國中時代所寫的書，書名為《讓笨男生永遠留下心靈創傷的一百種方法》。簡稱《笨創傷》。

我絕不是憎恨男性的人，也從未讓笨男生留下一輩子無法抹滅的心靈創傷。國三那年，班上有個很惹人厭的男生，我只是藉由寫作來排解心中的壓力，如此而已。我明明已包進黑色塑膠袋裡丟棄了，竟然還……要是被人發現這種東西，我才真的會留下一輩子無法抹滅的心靈創傷呢。想必是筆記裡某個地方寫有我的名字吧。早知道就把那個地方撕下才對，我真是太大意了。

「我覺得很好奇，不知道妳丟的是什麼東西。我知道這樣不對，但我打開一看，便深受吸引。也許妳不會想聽我有什麼感想，但它真的寫得非常有意思。」

我確實不想聽他發表感想。

「你覺得很有意思？」

孝廣點頭，表情慎重。

「所以我成了妳的書迷。」

「騙人。」

我瞪著孝廣，心想：「男生不可能會覺得這本書很有意思，他該不會是在嘲諷我吧？」

「我沒騙人。」孝廣口氣堅定地應道。「的確，內容不太健康，而且想法扭曲。不過，不論是小說還是隨筆，若一味講究心態健康、道德規範，那就一點意思也沒有了，不是嗎？不如說，應該要逆向操作才對。那本讓笨男生永遠留下心靈創傷的……」

「停！至少請你簡稱它為《笨創傷》。」

「好。《笨創傷》是特定讀者才會讀的作品，但卻是一本傑出的作品，我很喜歡。很希望能再看到妳的下一部作品，我猜妳的下一部作品搞不好也會丟進垃圾桶裡，所以每次看到妳在路上走，便會特別注意。」

那種東西被人誇獎不可能高興得起來，我一時不知該如何以對，一臉茫然地望著送到面前的蛋包飯。

瀰漫在我們兩人之間的沉默，被店內播放的成人抒情搖滾音樂淹沒了。

正當我開口準備說些什麼時，我看到討厭的人出現在店內，張開的嘴巴再度闔上。

餐廳櫃台處有三隻猴子。她們是穿著便服的木下好、山添京子、嵯峨野志穗，好像才剛走進店內。

霎時間，我感覺到自己似乎與山添京子四目交接，急忙把臉別向一旁，但過了約莫十五秒後，她們紛紛朝我們這六人坐的座位走來。

「啊，果然沒錯。這不是黑麵包嗎？」山添京子用爽朗的聲音說，木下好與嵯峨野志穗在一旁冷笑。

「可以一起坐嗎？」

六人坐的座位就此坐滿。

「我說黑麵包……妳在這裡做什麼？」

嵯峨野志穗說出「黑麵包」這三個字時，頻頻觀察我和山添京子的表情，像在確認現場的權力關係。

「黑麵包？」山添京子馬上代替我應道。「黑麵包她在約會啊！」

「不會吧。」

「她的男朋友模樣有點土耶。該不會是她的宅男夥伴吧？」

「學校裡有這號人物嗎？」

「不知道。是一年級嗎？」

「經這麼一提才想到，黑麵包的書包常掉進垃圾桶裡，所以有點臭呢。」

「咦？為什麼常會掉進垃圾桶呢？」

嵯峨野志穗哈哈大笑。

「不知道啊。會不會是有人誤把書包當成垃圾拿去丟了呢？」

木下好拿出 VIRGINIA SLIMS❹，點燃了菸。

「喂，妳打算去哪兒？打算去哪兒？」

我哪兒都不想去，但就在我打算回答時，山添京子再度施展她的毒舌。

❹香菸品牌，以女性為主打顧客。

「喂喂喂，妳怎麼不理人呢。」

「啊，真沒想到，黑麵包也會談戀愛呢。」

「人家搞不好是她的表兄或表弟呢。」

孝廣被她們的氣勢壓倒了，他全身僵硬。木下好推了他的肩膀一下，喊了一聲「喂」。

「你是黑麵包的表兄或表弟嗎？」

木下好的眼中閃過一絲不安，剛才志穗臉上也浮現了類似的神情。她們心裡想的是：「要是他生氣的話可就麻煩了，真的不要緊嗎？」這種觀察別人臉色又使壞的舉動，教人看了反胃。

孝廣搖頭否認後，她們三人不約而同地發出驚呼，妳一言我一語地說道：「這麼說來，這傢伙真的是黑麵包的男朋友耶。」

「喂，我告訴你哦，你要和黑麵包交往的話，最好小心一點，因為她和老師有一腿呢。」

「教古文的杉浦！」

杉浦老師是年近半百、為人樸實、個性溫和的老師，他的課上得一塌糊塗，看得出來他早已放棄教育了。

「應該也是靠身體賺錢吧，和哀哀一樣。」

哀哀指的是佐藤愛。木下好的菸灰掉進我的蛋包飯裡，她並未看著我，自言自語說了一句「啊，不小心說溜嘴了，抱歉」，接著又轉回原來的話題。

「小心別被她傳染什麼疾病哦。」

「我說你啊，乾脆別理黑麵包了，要不要和我們一起玩啊？」

孝廣之前一直沉默不語，全身緊繃，這時突然抬頭問道：

「妳們叫什麼名字？」

咦，我們？京子、好、志穗三人面帶冷笑，各自報上自己的名字。

「不好意思，我跟她還有話沒說完。」

「什麼嘛。這傢伙真無趣。」

孝廣不發一語，拿帳單站了起來。啊，太好了。我暗自撫胸慶幸。

「你怎麼啦？生什麼氣呢？」

「開玩笑的啦，別走嘛。」

「黑麵包，不好意思哦，我們是不是說了什麼得罪妳的話呢？」

我板起臉瞪著她們三人，跟在孝廣後頭離去。背後傳來她們在店內的嘲笑聲。

來到店門外，我一時不知該如何是好。

「真抱歉。那些是我的同學。」

「妳也真是辛苦啊。」

接下來該怎麼做呢？要是附近有家安靜一點的店家就好了，可惜在美奧這種鄉下地方，只有車站前才會有這種店。不論改去什麼地方，都有可能會再遇見她們，想到這兒就覺得心煩。

「唉，真煩。」

「那我們就去一個安靜的地方吧。」

5

孝廣帶我來到尾根崎地區的一戶民宅。這棟民宅和當地林立的屋子一樣，同樣有古意盎然的瓦片屋頂，高掛的門牌上寫著「後藤」。

「這裡是你家嗎？」

「不是。不過沒關係，因為我身分比較特別。」

孝廣沒有露出絲毫怯弱，直接拉開民宅的拉門。

看外觀會以為拉門內會有一處入門台階，沒想到卻是開闊的空間，就像昏暗的倉庫一樣。到處雜亂堆放著塵埃密布的紙箱，紙箱內擺有各種佛像和猩猩擺飾。

我沿著狹窄的通道一路往屋內深處走。

途中路過一間以拉門區隔的房間，約六張榻榻米大，我不經意地往內窺望，發現房內滿是小小的白色人偶。

到底有多少，我不清楚，但彷彿有數千個之多，疊成一座小山。因為模樣過於詭異，我一時像腳下生根似的，無法動彈。

「哦，那裡是吧？那是人偶堆放處。」

人偶堆放處？

孝廣見我一臉驚訝，特地向我說明。

「女兒節不是都有人偶嗎？有人捨不得丟棄這些舊人偶，會帶回當初買的店家，請他們收下、代為處理。當中有些經業者修補後廉價轉賣，至於其他賣不出去的人偶或是污損的人偶，則會流落到這個房間裡。它們在這個房間待一陣子後，神官便會前來回收。」

「哦。」

「每到晚上那個房間好像就會傳出竊竊私語的聲音哦。」

孝廣半開玩笑地說道。

房子裡有看起來沒在使用的爐灶和水井，通過那一帶後，我們從廚房後門來到了中庭。中庭雜草叢生，儼然已成為一座叢林。似乎有很多蚊子和毛毛蟲。

有隻小狐狸陡然從草叢間冒出，我嚇得發出一聲驚呼。小狐狸一臉納悶，望了我和孝廣一眼後又回到草叢裡。

「是野狐。這一帶有人會餵牠們食物，所以牠們就這樣定居了下來。」

「就住在這個住宅街裡？」

「牠們會幫忙抓老鼠。」

孝廣繼續穿越中庭，穿過後院的木門內一條像是牆間縫隙的窄道。

在尾根崎地區，瓦片屋頂的老舊建築林立，其內部藏有許多的空間，我一直到這時候才知曉此事。

每棟房子的中庭間，有狹長的生活通道相連，能通往別戶人家，卻不會通往屋外的道路。

寬度足以跨越的水渠從民宅旁流過，甚至還有像一座小公園般的空地。

老樹濃蔭下的這片涼爽空地，有小神社、鯉魚池、共用的水井，幾名老年人搬出椅子，在這裡談天。這地方完全成了鄰人專用的社交空間。

老年人意興闌珊地瞥了我們一眼，便繼續他們的交談。

登上細長的階梯後，我們來到瓦片屋頂上了。

擺有猩猩的屋頂戶戶相連。孝廣走過一座又一座屋頂，我只能乖乖跟在他後頭。

「真的沒關係嗎？擅自走在別人家屋頂上不太好吧？會挨罵的。」

「不會有事的。」

孝廣很肯定地說道。他的步伐之中，完全沒有在意周遭反應的歉疚感。

「擺放屋頂猩猩的地區有很強烈的互助精神。只要有人有困難，大家就會合力幫忙，而且鄰居通常都是家人或親戚，所以沒關係的。」

有個鳥巢箱裝設在杉樹樹幹上，孝廣一面往裡頭窺望，一面如此說道。鳥巢箱裡的黃鶯發抖著。

孝廣和我並肩坐在屋頂上。

「如果能和大家混熟，這裡或許可稱得上是樂園，不過，左鄰右舍間的相處應該不容易吧。」

「妳說得沒錯。」

「你到底是個什麼樣的人啊？」

「嗯。」孝廣頷首。「我算是在尾根崎地區……該怎麼說呢，算是擔任守護神的工作吧。」

「什麼啊？」

「妳聽了當然會覺得很不可思議吧。其實我之前一直過著普通的生活，但某天晚上，猩猩來到我枕邊，叫我暫時擔任這裡的守護神。」

我說的話句句屬實。

從隔天早上開始，我就像成另外一個人似的，一切感覺全變了。我也不知該怎麼形容才好，總之，欲望、焦慮這類的東西，全部消失了。

上學、和朋友玩樂、該為自己做些什麼之類的事情，我都變得漠不關心，滿腦子想的全是前方隔三間屋子遠的通道上，有隻小貓屍體，得趕快去處理才行。

要是屍體腐爛，會發臭吧，而且還會長蛆。比起上學，這件事更加重要。

為什麼我知道小貓的屍體在那裡呢？明明不是親眼瞧見的，也沒人告訴我，但我就是知道。

我戴上塑膠手套，清理小貓的屍體。

我將牠埋在公園的某個角落。接著，我突然想拿掃把打掃公園。

鄰居的老爺爺抽著菸，看到我這副模樣，便對我說：「哦，你成為屋頂神啦。別太勉強自己哦，如果有什麼困難，儘管開口跟我們說。如果還沒吃午飯的話，就到我家來吃吧。」

這似乎是尾根崎自古以來常有的現象。某天，一位居民突然覺醒，成為這地區的守護神。一旦成了守護神，人們便稱之為屋頂神或猩猩先生，這地區所有居民會不求回報地保護他。他可以自由在屋頂上行走，也能隨意走進他人家中。

一到用餐時間，總有人會主動提供餐點，日常生活中若有什麼困難，大家也會提供援助。也沒人會叫屋頂神去上學。

「你說的猩猩，是不是顏色偏紅的那個？」

「妳果然看過。」

我立即噤口。

「若是就預防犯罪的觀點來看呢？這算是別人擅自跑進家中耶。像我就很討厭這樣。」

「這裡很少有人會覺得討厭。就某個層面來說，被選上的人已不被當『人』看待了。對居民而言，或許感覺還比較像貓吧？」

「那我做個假設，如果某戶人家在桌上擺張一萬圓的鈔票，你會怎麼做？」

孝廣搖著頭，直呼不可能。

「妳的意思是我會不會動手偷對吧？我壓根兒沒想過這種事。會給這裡的居民造成困擾的事，我絕不會做，也不想做。屋頂神沒有俗人的煩惱。」

我只想助人。

所以才會博得眾人的信任。

不過話說回來，助人並不算是多了不得的事。

我修理故障的屋頂排水管，或是修理屋頂，幾乎每天都打掃中央廣場和水井、清理居民住家縫隙中他們伸手搆不到的垃圾、將翻倒的盆栽擺正。剪斷造成妨礙的過長樹枝，或是割除覆蓋道路的雜草，也算是我的工作之一。

如果有人有困難，而我有能力解決，我就會毫不猶豫地展開行動。有時我陪爺爺奶奶們聊天，有時陪他們下圍棋、將棋。

有人闖空門，或是有可疑人士進入這個地區，我都會知道。我能感應出來，而且只要看一眼，便知道對方不是這裡的居民。我會加以擊退。

有時也會有形體模糊的東西悄悄朝這裡靠近，這些「魔物」也會被我驅逐。成為守護神之後，可以看見以前看不到的東西、聽到以前聽不見的聲音。做什麼事會有什麼結果，這種單純的因果關係，我也全都了然於胸。

有些人像妳說的一樣，會討厭屋頂神。我如果沒特別的事，也不會去接近他們。

我是自己想這麼做，還是有股神秘的力量驅策我這麼做呢？我自己也不明白，但我感覺得出來，這地區的人們需要我。

「感覺就像在做義工呢。」

我想起宮澤賢治的《不向雨認輸》。

「應該可以這麼說吧。」

「所以才一會兒幫國中生準備文化祭、錄鳥叫聲，一會兒修理隔壁公園的喇叭，是嗎？」

「沒錯，沒錯。」

「那麼，我要是有困難的話，你也會幫我忙嗎？啊，得是住在這裡的居民才行對吧？」

「如果是我能力所及之事的話，我會幫忙。誰教我是妳的書迷呢。美和小姐，妳有什麼困擾嗎？」

經他這麼一問，我反而一時想不到什麼。我只是順著話題隨口問問而已，並未特別思考這個問題。

「同學欺負妳的問題嗎？那三人組是吧？」

「還好啦，那還不算是什麼欺負。世上這種事多得是，那只是小問題而已。」

我冷笑幾聲，轉移話題。

「對了，我這才想到，你剛才說的事，該不會是這地區的秘密吧？你把這件事全告訴了我這個外人，真的沒關係嗎？」

不過，他要所言屬實這些事情才是秘密，他也可能是個謊話連篇的人。孝廣一臉恍惚望著天空。

「說得也是。這樣的確不行，不能這麼做。」

為什麼不行？

我在好奇心的驅使下，翻閱了妳丟棄的筆記本。雖然真的很有意思，但感覺像是偷窺別人的秘密，總覺得內心歉疚。

我並沒有就此扯平的意思，但我覺得，如果妳不向人透露此事，告訴妳也無妨。況且，就算住在這個地區，也很少有機會能親眼看到猩猩。有些人只聽說有人看過，自己卻一輩子也沒見過。不過，妳是外地人，卻也親眼見過，不是嗎？

我覺得妳是有緣人。

「是這樣嗎？你也太自以為是了吧。」我很不客氣地說道。「我都快吐了，全部都是你自己一廂情願吧。你偷看別人洗澡，以欣賞別人的裸體為樂，但因為心裡覺得愧疚，所以也讓人看你脫光的模樣，這樣和變態有什麼兩樣。」

孝廣頓時變得像洩了氣的氣球，低頭不語。

屋頂上到處都是趴著午睡的貓咪。一名綁著頭巾的大叔從二樓陽台探頭望著我們，但什麼話也沒說。

「說話啊。」

「不是美和小姐妳自己想知道嗎？」

「說什麼緣分，這世上才沒這種東西呢，你只是拿它當方便的藉口罷了。你打算做屋頂神做到什麼時候？」

「不知道。我應該會在某個契機下，突然得到解放、恢復成原本的樣子吧。以前有位當過屋頂神的老爺爺，他說一旦恢復原本的自己後，之前當屋頂神所做過的事全部會忘得一乾二淨。」

「孝廣，你家也在這裡對吧？」

孝廣將視線移向前方。

幾個屋頂遠的前方有一座宛如四層塔般的雄偉建築。玻璃窗內設有紙門，從這裡無法一窺屋內樣貌。它聳立在市街中，顯得無比醒目。瓦片屋頂的高塔旁，設有緊急逃生梯。

「你家不錯嘛。」

孝廣低聲說話了。

「可以從這裡沿著屋頂走過去……雖然底下也有入口，但得通過居酒屋店內才行。」

臨近傍晚時分，孝廣和我在尾根崎公園揮別。

之前他問我有什麼困擾時，我要是說「希望你把筆記本還我」就好了。我直到和他道別後才想到這點，暗啐一聲。

6

隔天星期一一早，一起無比離奇的事發生了。

當時，我們在操場排隊準備升旗。

某處的喇叭突然微微響起一陣刺耳雜音，眾人應該以為那是廣播委員在測試廣播。

下個瞬間，木下好的聲音從揚聲器傳出，響遍操場。我嚇了一跳，弓起身子。

她的男朋友模樣有點土耶。該不會是她的宅男夥伴吧？

學校裡有這號人物嗎？

我發現此刻播放的是我們星期天的對話。

這是怎麼回事？

某人偷偷錄下當時的對話，在全校學生集合的朝會中播放。說什麼某人啊，除了孝廣之外還會有誰？他那時肩上掛了背包，裡頭確實放了錄鳥叫聲用的錄音機。

可是他為何要這麼做？

我腦中一片混亂。

經這麼一提才想到，黑麵包的書包常掉進垃圾桶裡，所以有點臭呢。

學生們開始議論紛紛。

站在前面的山添京子回過頭來，瞄了我一眼，從表情看不出她此時心中的想法。木下好和嵯峨野志穗排在我後面，所以我不知道她們是何表情。面對這突發狀況，我全身僵硬，冷汗直流。不知道啊。會不會是有人誤把書包當垃圾，而拿去丟了呢？

老師們環顧四周。

導師坂田衝向校舍，應該是要直衝廣播室吧。

喇叭仍持續廣播。

廣播開始沒多久，我就對孝廣這種錄下別人對話、在朝會中播放的驚人變態之舉，感到渾身戰慄，同時暗自在心中嘆氣，如果他的目的是要「修理她們三人」，這樣做根本就無濟於事啊。

因為這神秘的突發事件，朝會時間拉長了，有一半的學生開始感到不耐煩，悄聲聊起話來。畢竟從廣播傳出的只是一般高中女生的對話。雖是沒半點品性可言的三隻猴子間的對話，但卻是下課休息時間在教室、走廊，或是放學後在鞋櫃附近、女子廁所裡常可聽到的交談內容，一點都不稀奇。

喂，我告訴你哦，你要和黑麵包交往的話，最好小心一點。因為她和老師有一腿呢。

「誰是黑麵包啊？」

「咦，我記得好像是……藤岡同學。」

學生們嘰嘰喳喳的聲音傳入我耳中，我感覺到旁人的視線。我羞紅了臉，心裡恨死孝廣了。

孝廣詢問她們名字的那一句話被消音了，他完整清除了自己的聲音，真是一點都不馬虎。不過，京子、好、志穗三人報上姓名的部分被完整收錄其中，錄音帶就此暫時結束，簡直像在信件最後附上署名一樣。

沒錯，之所以說「暫時」，是因為錄音帶又從頭播了一次。

到第二次播放時，我開始覺得聲音不太一樣。

若是在現場當面聽她們說這些話，只會覺得這是個「惡劣的玩笑」。但重新以客觀立場聆聽錄音而成的、以半匿名的聲音播送出的對話後，對它的印象馬上有了驚人的改變。在操場上響起的聲音，明顯散發出一種「傷害別人」、「瞧不起人」的惡意。那是令人焦躁不安的聲音，簡直像孝廣在錄音帶裡施加了詛咒。

第二次播放時，響遍操場的惡意造就了新的聽覺感受，它開始讓之前覺得事不關己、冷眼看待此事的其他學生們有了反應。

你是黑麵包的表兄弟嗎？

距離我們好幾排遠的一名高一男生，朝廣播聲發出嘲笑：「這女的是笨蛋啊？」其他學生也紛紛開始施展毒舌，表現他們的不認同。甚至有人模仿廣播中的台詞，以此逗人發噱。

壞蛋是半匿名的，因此集團心理起了作用，噓聲中夾帶著殺氣。

廣播室並無任何異狀，聲音是從某人在操場的雪松上架設的喇叭傳出的。這段對話持續播放了六次之多，老師們才查出來源。喇叭位於雪松的中段部位，不是說爬就爬得上去的位置。它的樹幹又粗又直，連最低的樹枝也離地三公尺。

播放到第三次時，嵯峨野志穗昏倒了，被送往保健室。我望向木下好，發現她正低頭啜泣。那反覆播放的聲音，殺傷力愈來愈強，甚至有人摀起耳朵。

朝會被迫中止，木下好和山添京子的聲音一再迴響於空中，我們陸陸續續返回教室。

此次事件的重要關係人——我、山添京子、木下好，立刻被叫到訓導處去（中途昏倒的嵯峨野志穗因為早退，所以沒來），校方針對那可說是犯罪行為的惡作劇展開訊問，也問我們之間究竟有沒有霸凌行為。到了下午，甚至連警察都來了。

我坦白告訴他們：這次的事件應該是碰巧在路上遇見的一名陌生男孩做的。我無意袒護孝廣，我也不想被當成這類陰險惡作劇的共犯，不想為此損害名譽。不過，基於道義，孝廣是尾根崎地區的守護神這件事，我並未向任何人透露。

「走進家庭式餐廳前，那個怪人主動和我攀談，我不知道他是什麼人。」

老師接著向我問道：

「山添和木下有欺負妳嗎？」

哪有這種事——我加以否認。

「她們沒欺負我，只是班上有人將我的書包丟進垃圾桶罷了。不知道是誰做的。」

7

一直到六點過後，我們才得以離開。我獨自一人行走，這時，山添京子快步走向我，以柔弱的聲音叫喚我。

我停下腳步，仔細打量京子的臉龐。

京子先前的霸氣消失了。她一臉尷尬地縮著雙肩，對我說：「我不知道該怎麼跟妳說才好。」

「那就別說吧。」

「是嗎。」

我們並肩走了一小段路，我也不知道該說些什麼才好。正當我在腦中思索說什麼話才恰當時，京子搶先一步開口了。

「聽了自己的聲音後，我覺得很羞愧。」

京子還真堅強，我甚至有點欽佩她。遭受如此大的打擊後，志穗昏倒了；木下好一直雙手摀著耳朵，廣播結束後，她仍反覆喃喃自語說「還聽得到、還聽得到」。要是今天我站在京子的立場，絕對不是講一句「我覺得很羞愧」便能讓自己釋懷吧。

我突然想到，這或許就是山添京子道歉的方式。

「呃……第一學期的時候。」

「嗯。」

「妳邀我一起吃便當，當時我拒絕了妳，其實那是因為我有事得到老師辦公室一趟。」

京子以心不在焉的聲音應道：「哦，嗯。好像有耶，有有有，確實有這件事。現在回想起來，還真是好笑呢。」

「那已經是很久以前的笑話了，妳說是吧？」京子無力地往我靠了過來，我對她說道：「妳說『好笑』是什麼意思？」我冷冷望了她一眼，沒隨聲附和。

我們走進上學路上的一處公園，坐在長椅上小聊了一會兒。

「我在訓導處也說過，今天早上的事，全都是那個男孩自發的行為，我完全沒參與。」

「那男孩是什麼人啊？」

「真的是我完全不認識的人。」

過了一會兒，山添京子難為情地笑道：「我本以為和妳聊不來，因為妳常和佐藤聊天。」

「哦，是嗎？」

「以後我們好好相處吧。」

「才不要呢。」

我很不客氣地應道。但還是暫時和她保持感情融洽的模樣，一面聊一面走向車站。

我與山添京子在車站前道別。我走路上學，她則是從兩站遠的地方搭電車上學。剩我一個人之後，我仰望天空，西邊的天色已轉為暗紅。

孝廣沒和我商量便自作主張，令我火冒三丈，但今後我的學校生活也因此輕鬆許多，所以對他同時又有點感謝之情，當真是五味雜陳。

要是他明天展開第二項策略，將她們逼上絕路，那可就麻煩了。他為何要這麼做？我得問個明白，把心中的疙瘩清除乾淨；如果他還有後續動作的話，我也一定得加以阻止才行。我要順便討回我的《笨創傷》，那本書留在他這種人手中太危險了。

一條肉眼看不見的絲線，就此將我拉向尾根崎地區。

8

我在家裡吃過晚餐、沖完澡後，便前往掛有「後藤」門牌的屋子。原本我略感躊躇，但做了個深呼吸之後，就打開拉門，踏入黑漆漆的通道中。

我跑步經過陰森可怕的人偶堆放處，來到中庭，聽到某個住戶的朗聲大笑以及電視聲。對尾根崎地區的居民來說，走這樣的通道稀鬆平常，對我來說，這是非法入侵。但我可不想就此打退堂鼓。

孝廣所住的四層塔，其四樓的紙門正發出朦朧燈光。

我躡腳來到屋頂。

隱約覺得他在裡頭等著我。

我把自己當作是電影裡的主角，沿著屋頂來到四層塔的緊急逃生梯前，上了四樓陽台。

我輕敲窗戶，等候片刻，紙門和窗戶微微打開一道細縫。

令人意外的是，露臉的竟然是個小孩。

這名頭髮蓬鬆、身穿和服的男孩，定睛凝望著我，嘴巴微張。看起來約莫小三、小四的年紀。我滿心以為會是孝廣出來應門，所以一時有些慌亂。

「妳是藤岡小姐嗎？」

「啊，是的。」我鬆了口氣，輕聲向他詢問。「你哥哥呢？」

男子悄聲說了一句「請進」。

「你是孝廣的弟弟吧？」

男孩說他叫「翔太」。

眼前的小房間有四張半榻榻米大，裡頭有一張床和衣櫃，地上擺滿了漫畫和樂高玩具。塑膠製的玩具手槍、怪獸玩偶、橡膠球，許多東西散落一地。

我將鞋子脫在陽台上，侷促不安地進入房內。

「小弟弟，你哥在嗎？」

「妳等一下。」

男孩遞給我一個信封。

「他說要是有位藤岡小姐來，就把信交給她看。如果她沒來，就燒了這封信。」

我有不祥的預感。

我當場拆開信封，展信閱讀。

9

藤岡美和小姐妳好：

妳看到這封信了，那就表示妳來找我了，我很高興。

之前我說過，我對「做什麼事會有什麼結果」的因果關係略有所悉。所以坦白說，我早知道妳會前來。

為了取回筆記本前來、為了和我談朝會廣播的事而來、為了一點點的冒險前來……妳有許多動機。

感覺就像我在背後操縱這一切似的，真是抱歉。

有件事我一直說不出口。其實我原本打算當面告訴妳的，但妳不是說過嗎，「你只是把自以為是的想法強加諸在別人身上罷了」。所以我一時不知如何是好，錯失了開口的機會。

雖然最後改用寫信的方式，但我還是要向妳吐露我的計畫。

我打算出版妳的傑作《讓笨男生永遠留下心靈創傷的一百種方法》。我會與印刷公司接洽，先印製三百本，然後四處發送。當然了，錢由我出。妳什麼都不必做。這樣的好東西如果只有我一個人享受，實在太可惜了。

請當作是我送妳的一項大禮吧。

此刻的妳或許會眉頭緊蹙，但我希望妳能靜觀其變。一定會成功的，我還會替妳宣傳。想知道怎麼宣傳是吧？我會採用類似朝會廣播的方式！

其實之前那只是一項實驗，只是想測試廣播宣傳是否會進行順利。要是在整個市鎮廣播，宣傳妳這部得意之作，不知道會怎樣？想到這裡，我便感到雀躍不已。妳一定會就此聲名大噪。三百本馬上便能銷售一空，我早已預見結果了。

其實我已在進行了。再過兩、三天，應該就能準備妥當。

敬請期待！

孝廣敬上

我感到一陣天旋地轉，癱向牆邊。我呼吸困難、喘個不停，急忙做了個深呼吸。無數個「別這麼做」的念頭猶如氣泡在我腦海中浮升湧現。不可以這麼做，求求你，千萬別這麼做。真的不可以，絕對不行！

妨礙朝會的廣播事件都發生了，所以他應該是認真的。他不是普通人，恐懼讓我眼眶泛淚。我終於明白，世上的確有這種招惹不得的人。

三百本書。如果他真的在美奧市內四處發送這三百本書，真的用那莫名其妙的犯罪式廣播宣傳的話，那我寧可死了算了。孝廣說大家會有強烈迴響，我能發一筆小財，就算這些都是真的我也沒有半點興趣。我當然會出名啊，只要待在美奧的一天，就會有人在我背後指指點點，這也算是另一種出名。

「你哥現在人在哪裡？」

我握緊手上的信，以全力擠出的聲音詢問翔太。翔太視線投向通往隔壁房間的房門。

「他叫妳在那裡等。」

10

打開房門，眼前是一間寬敞的大房間。

擺有幾張桌子，幾名身穿浴衣的男子在裡頭喝酒。他們不約而同地轉頭望向我這個半路殺出的闖入者。

這是旅館的筵席場面。

我完全沒料到這裡會有人，一時嚇得面如白蠟，呆立原地。

「啊，嗨。」

一名紅光滿面的中年男子，以迷濛的醉眼望向我，開口說了些話。

「妳從哪兒來的？」

「從窗戶。對不起，真的很抱歉。」

「坐、坐。」

他應該是要我坐下吧。一名戴眼鏡的禿頭男子向我招手，他浴衣穿得不是很整齊，胸毛露了出來。

如果這裡是孝廣的家，那他們不就是孝廣的父親或親戚嗎？我一頭霧水地坐下。如果當時我的精神狀況穩定，或許會轉身就跑，但當時我已方寸大亂，完全失去判斷力。

「晚上在屋頂上行走，很危險呢。要是不注意腳下的話，可是會打滑的哦。」

「您說得是。」

沒想到他們沒因為我的非法入侵而責怪我，我鬆了口氣，同時不忘縮著身子環視房間四周。不見孝廣的蹤影。

兩側的房間完全敞開。感覺活像是城樓的天守閣❺。

「喝吧。喝吧。」

他們端來酒杯，裡頭盛滿了酒。我悄聲告訴對方「我還未成年」，但他們完全不當一回事。不得已，我只好淺酌一小口，結果整個胃發熱了起來。我惴惴不安地問他們：

「孝廣人呢？」

「哦，他馬上就來了。」

「妳就待這裡吧。」

「在這裡等就行了。」

「請問這裡是……」

「哦？我們在這裡聚會。我們這群朋友不時會聚在這裡聊天，妳不必太在意。」

「是朋友聚會。」

那幾位滿面紅光的大叔不再對我感興趣後，又開始以我聽不懂的話聊起天來。那是很不可思

❺天守是日本城樓中最高、最主要，也最具代表性的部分，具有瞭望、指揮的功能。

議的對話，聽起來像在談論工作，也像在聊嗜好，更像是小鳥在嘰嘰喳喳。我小口小口地啜飲杯裡的酒，漸感微醺。

三十分鐘後，孝廣從角落的樓梯處現身了。

他朝我望了一眼，面帶微笑地對我說「哦，妳好」。

他身後站著兩名穿便服的女孩，是木下好和嵯峨野志穗。

「哦，來了來了。搞什麼啊，孝廣，怎麼腳踏三條船。」

有所誤會的大叔朝我使了個眼色，說了聲：「對吧？」

木下好和嵯峨野志穗一看到我，兩人就彼此互望了一眼，臉色陰沉。兩人不發一語地坐在我身旁。

「哎呀，美和小姐，謝謝妳來。我把她們兩人帶來了，大家當好朋友吧。」

孝廣笑容滿面地說。

「京子呢？」

「妳不是已和她和好了嗎？」

「搞什麼，原來是朋友吵架啊。吵架不好哦。」滿面紅光的大叔頻頻點頭，在一旁插嘴道。

「叔叔我以前啊，還差點跟人廝殺呢。」

「他的對手就是我。」另一位大叔附和道。

嗯，當時真的很嚴重呢，你說對吧？是啊，真的很嚴重。

「不過，屋頂神來調停後，就大事化小，小事化無了。」

「人執著於爭鬥時，總是不懂一個道理——其實世上根本沒什麼好爭的事情。大家要和睦相處，畢竟人生如夢嘛。」

你們是這樣，但我們可不見得和你們一樣啊？

儘管我心裡這麼想，但我當然沒說出口，我迎合現場的氣氛，微笑點頭。

那位喝醉的大叔又重複說了一次「人生如夢」，有夢的人才是贏家。

我收起笑容，朝笑咪咪的孝廣低聲說：

「我要跟你談談我那本書的事。」

嵯峨野志穗的目光正好飄到我這邊，因此我只好用眼神向孝廣示意「你懂我的意思吧？」

「我希望你別胡來。」

「哦，嗯。」孝廣雙肩垂落，露出沮喪的表情。木下好朝我欺身過來。

「我會和藤岡同學和睦相處的，所以……請你別再胡來了。」

嵯峨野志穗也小心翼翼地望著我和木下好，頻頻點頭。

原來是這樣，我隱約了解是怎麼一回事了。她們兩人也和我一樣，有某個「把柄」握在孝廣手中，否則她們是絕不可能乖乖跟著「以朝會廣播將他們逼入絕境的兇手」來到這的。我們異口同聲地說道：

「你要保證不會胡來。」

我保證。孝廣環視我們三人，皮笑肉不笑。

「如果妳們能和睦相處，我就不說出去。」

我們三人遭到威脅了。

如果不和睦相處，他就要說出秘密，給我們好看。

杯裡裝滿了酒。看起來像是日本酒，但不知道究竟是什麼酒。

「和睦酒，乾杯。」

我們三人讓大叔們勸酒後，臉上紛紛露出不帶情感的淺笑，乾了杯。

「雖然不知道你究竟是何方神聖，但請你不要再多管閒事了。像正常人一樣，上學去吧。好不好？」我低聲說話激他。

之後發生的事只留下些許模糊記憶，因為我當時喝醉了。我只記得有名大叔當眾大跳裸舞，我替他拍手打拍子。好像還和木下好、嵯峨野志穗聊得很開心。

為什麼？真是夠了，他竟然要拿我的秘密筆記出書？爛透了。好，妳呢？妳在下面的居酒屋店偷東西被拍到照片？遜斃了。志穗呢？他說要將妳和京子的男朋友兩人私下出遊的事告訴京子？啊，難怪京子沒來。

當時我們說了些什麼，幾乎都不記得了，一切都已不重要，只覺得當時好像一直哈哈大笑。我明明不喜歡她們兩個，她們應該也不喜歡我才對——但這是怎麼回事？不知不覺間產生的「受孝廣迫害者互助會」同盟關係，加上「今後不知該如何在學校做人」的憂慮，兩種心情交纏在一起，再加上酒精的助興，我們馬上對彼此敞開心胸了。

這酒還真是不可思議。世上真的有「和睦酒」這種玩意兒嗎？我不知道。

許多事都變得不再那麼重要了。有人哈哈大笑，我也跟著笑。志穗靠在我身上，我們三人開心地唱歌。

不久，牆壁和天花板開始旋轉，我闔上眼，彷彿在大海上搖晃。只聽見許多人講話的嘈雜聲交互重疊，形成一團混亂的噪音。

有個說話聲突然消失了，就像蠟燭熄滅一樣。咦，有人去上廁所是嗎？又一個說話聲消失，接著又一個。後來仔細回想，當時我微微聽見木下好呼喊著「藤岡同學、藤岡同學」，志穗也在一旁說「放心吧，藤岡同學的家離這裡不遠，她可以自己一個人回去」。我好像闔著眼應道「妳們要回去的話，那我也要回家」，但或許是當時我已經睡迷糊了，我以為自己有開口說話，其實什麼也沒說。

從敞開的窗戶悄悄潛入的秋涼夜氣，輕撫著我的臉。

當我睜開眼時，房內一片漆黑。

裡頭空無一人，剛才的酒宴氣氛以及濃濃酒味，宛如幻覺般，全都消失得無影無蹤。

我好像睡著了，被獨自留在這裡。我一面觀察目前身處何種狀況，一面起身，想知道現在究竟幾點。

我搖搖晃晃走向前，打開先前穿過的房間大門。發現翔太坐在欄杆上，背對著黑暗。

「大家都回去了是嗎？」

我向他詢問，翔太點頭。

「孝廣……你哥哥也回去了嗎？」

——哥哥也回去了，回到他自己的家了。

「是嗎？那你也該回去才對。」

——我家就在這裡。

明明是兄弟，卻住在不同的地方嗎？不，也許是我誤會了。我以為他們是兄弟，實則不然。

我凝望坐在欄杆上的翔太，總覺得他不存在於我的眼前。那就像望著一個沒有實體的影子。

——哥哥已經不在了。但從今天起，我有姐姐。

身穿和服的男童身影霎時間看起來像是隻紅色的野獸。我想更集中注意觀看，牠的形體便瓦解、消失了。

是猩猩。

我驀然想起多年前在秋天祭典中巧遇的那名男孩，朦朧記憶裡的那名少年與翔太重疊一致。經這麼一提才想起，我那天好像向他預約好要當舞獅。也許已經輪到我了。

原來是這麼回事，從今天起換我當姐姐啦。

我伸了個懶腰。

雖然天尚未明，但遠方天空已露出魚肚白了，感覺無比清新。我有預感，今天得忙著四處向人問候了。

我並不會感到不安和恐懼，家庭、學校、期中考的化學符號，都已無所謂了。前方隔幾棟屋子的地方，有株楓樹的樹枝長到了通道上，得加以剪除才行。這就是當下最重要的事，我心想。

草的夢話

くさのゆめがたり

1

這是很久以前的故事。

我從小感興趣的對象便是植物，而不是人。植物的氣味、觸感、存在感在我心中占有很重要的分量，也時常出現在我夢中。我總覺得自己不屬於人類鄉里，應該生活在山中才對。

我叔叔是位登山高手，我從小便常和他一起上山，接受他的指導。叔叔在沿海的聚落外郊擁有一小塊田地，但他並不是生活在鄉里間的人。

叔叔在深山裡有好幾間小草屋，只要他入山，便會以這些草屋為據點展開行動。

他會設機關和陷阱捕魚獵獸、摘食野草。製作獸皮、保存獸肉、搭建小屋這類小事自然不在話下，就連醫術、天文、氣象等各種知識，我叔叔也全部精通。

教導我毒物和藥物的人，也是叔叔。從蛇、青蛙、昆蟲、植物，可以萃取出何種毒素，什麼東西可以製藥，他一一教導我。像止血劑、感冒藥等等的草藥調配知識，我從他身上學了不下百種。

——我告訴你刀和毒的差異吧。

我記得以前叔叔對我說過這句話。

刀必須得面對對手，毒則沒這個必要。刀只殺得了你的體力和技術能應付的人，但如果你懂得用毒，要殺多少人都不是問題。

——自古以來，國家也都是靠毒在運作。只要朝國家的核心摻入一些毒粉，便可不費一兵一卒，殲滅整個國家。

雖然不是很清楚當中的含意，但我覺得叔叔無所不能。奪命的毒藥在毒物中最為低等，隨處可得。

——算了，這種無趣的事不重要。你聽好了，我教會你許多事，但你不可以拿你會的知識去教其他人。特別是關於毒物的知識，絕對不能教任何人。這全都是秘法和技藝。

擁有愈深的用毒知識，愈會遭人疏遠、忌憚，有時還會莫名其妙背上黑鍋。光是讓鄉里的人知道你懂得用毒，你便會被釘死在十字架上。而且不光只是這樣，住在鄉里的人類，本性既邪惡又愚蠢。只要教會其中一人如何製造毒藥，轉眼這方法便會傳遍大街小巷，人類相互毒殺的悲慘世界就會降臨了呀。

野外的植物、動物、礦物，都會散發其固有的「氣」。世界上除了我們五官所感受到的形象外，也充斥著各種「氣」。罌粟花有罌粟花的氣，金針菇有金針菇的氣。各種物體擁有各自的小世界，有的華麗，有的低調，兀自獨立存在著。我就算閉上眼睛，也能猜出手中花草的名字。

毒和藥的調配，是將「氣」相互組合的遊戲，釣魚以及利用陷阱捕獲野獸，也都是解讀野獸的「氣」後加以利用的方式。

太陽從雲縫間灑落金光的某個秋日午後，叔叔在一處不知名的高原岩地上駐足。

——真罕見，是大蛇花。

只要是山野間的事物我都興趣濃厚，就算是黴菌和屍體也一樣，但奇妙的是，一開始我看不到大蛇花的模樣。因此我歪頭表示納悶，不知道叔叔指的是什麼。我集中精神後，才發現位於岩石間的那朵花，發出一聲驚呼。

看到了嗎？叔叔笑道。

妖豔的深紅與橘色，帶有黃色條紋，共八片花瓣。花莖是綠色的，帶有像鱗片般的線條。外表看起來像是普通的花草，但它散發一股與其他植物迥異的幽冥之氣，令我胃部陡然緊縮，就像站在懸崖邊俯瞰萬丈深淵時會有的感覺。

——這股氣你覺得怎樣？

——好可怕。一開始根本看不到。

叔叔說，大蛇花可不是人人都看得到的。

——據說大蛇花開在八岐大蛇流血的地方。它可不是到處都有，而且呀，只靠五感生活的人就算從它旁邊經過，也看不到它。據說它可用來製造禁忌神藥——草薙。

——草薙？

——據說是一種秘藥，具有超越生死的功效，也有人說它用在召喚災禍的咒術中。製造方法極為神秘，至今無人知曉。不過，那是一種禁忌之術，沒人知道也好。

——連叔叔也做不出來嗎？

叔叔對我的問題笑而不答。叔叔習慣一見珍奇的花草便採集下來，但唯獨大蛇花例外。

——世上有些東西萬萬碰不得。不過，我已有十年沒見過大蛇花了，你最好也別去碰它。

叔叔有一本記載本草學的書籍，上頭附有許多昆蟲和植物的精細圖片，不時也會穿插草藥的製作方法。我很喜歡那本書，早已看得滾瓜爛熟，就算沒拿在手上，也能清楚回想每一頁的內容。然而，我搜遍這本書，就是找不到關於大蛇花的記載。

我並非徹頭徹尾了解叔叔這個人。他知道多少秘術？擁有幾間草屋？他從何而來？他真的是我叔叔嗎？叔叔散發一股常人所沒有的超凡氣質，他像一位無所不知的賢者，令人敬畏，也像一位以山野為家的山民，剛毅強韌。叔叔散發的「氣」宛如岩石。我有時覺得叔叔很可怕，有時又會想成為像他那樣的人。

2

某個夏日，我殺了叔叔，是在一處我們已暫居數月的山中草屋中殺害他的。我以菌類和青蛙的體液調配出毒藥，混進酒裡，端給叔叔喝。這並非叔叔傳授我的配方，而是我活用過去所學的知識加上個人直覺，所發明調配成的毒藥。只要將毒藥混進帶有野玫瑰香氣的酒中，其蘊含之氣就會消失。

我為什麼下手呢？是因為當時年紀尚幼的我想知道自己調配的毒藥效果如何，一時興起才會那麼做嗎？還是為雞毛蒜皮的小事起口角後，一時盛怒使然？又或者，是我起了好奇心，想知道心目中無所不能的叔叔會不會和普通的人一樣中毒身亡嗎？

總之，我在叔叔的酒裡下了毒。

叔叔就此身亡，死得像沉睡般安詳。

我記得當時明明是我毒死叔叔，我卻還一再和他說話，想搖醒他。

當我確定他再也不會醒來的那一刻，我極度後悔地吶喊，聲音在山林間迴盪。

我將叔叔的屍體留在草屋內，在附近徘徊遊蕩。

我巡視陷阱、獵捕野獸、摘採野草，同時不忘調配讓叔叔甦醒的草藥，不斷將藥用在叔叔的屍體上。當然，人一旦死了，便不可能復生。不久後，叔叔的屍體腐爛了，發出惡臭。

失去叔叔的那年夏天，我一步步被引往瘋狂喪智的深淵。山林之心與我的心數度融合在一起，我聽見清楚的低語聲。無數肉眼看不見的暗影絲線束縛住我的身心，折磨著我。暗影絲線起初只有一根，但時間愈久，就愈來愈多。

嗡、嗡嗡嗡，蟲子的振翅聲倏而靠近，忽而遠去。

——是大蛇花。

我體內除了我之外，還有另一個人。聲音聽起來像叔叔，也像其他人。

籠罩大地、孕育雨水的低垂夏雲之下，有隻螳螂從搖曳的黃花中探頭。

——只能靠大蛇花了，快去找。

——大蛇花？

——得靠草薙才行。要製作草薙，只有草薙才有效。

螳螂轉頭，發出一陣沙沙聲，躲進葉子底下。

我想起之前和叔叔一起發現大蛇花的往事。當時是秋天，和現在季節不同。也許就算沒開花也無妨，但就連精通山野知識的叔叔，也整整隔了十年才又見到大蛇花，足見這種植物是何等地稀少。

——你還真是愚蠢呢。

我體內的聲音如此說道，它讓周遭響起嘲弄的笑聲後，從我身上脫離。它化為成群蚊蚋，消失在森林的黑暗中。

一股焦急感壓迫而來，在它的催促下我四處找尋大蛇花，儘管尋獲的希望渺茫。同時，我就像唸咒般，反覆說著那句推卸責任的台詞「叔叔會死，是他自己不對」，任時間之河慢慢流逝。

「咦，竟然會有個男孩在這種地方。你在這裡做什麼？」

一個嗓音粗大渾厚的聲音說道。

我原本正蹲在地上撫摸我捕獲的蛇，聞聲後抬起頭來。

一名頭戴草笠的旅行僧站在前方。

「難道這附近有山村嗎？」

我搖了搖頭。這裡位於深山，離村莊甚遠。僧人問我是否住在此地，我默而不答，帶他前往草屋。

僧人看過叔叔的屍體後，目光投向我，表情凝重地說道：「他已經死了，人死不能復生。」說後就開始誦經。

「這樣就沒事了。你應該很難過吧？」僧人溫柔地輕撫我的頭。我不知道他所謂的「沒事了」指的是什麼，但我也開始覺得自己沒事了。淚水撲簌而下，我開始嗚咽了起來。

束縛我的無數條暗影絲線，因僧人的誦經而脫落消失，我就此得到了解放。我是因為這股安心和暢快之感而落淚。

這位僧人名叫龍膽，他和我將叔叔的屍體埋在草屋旁的紫色花田裡，埋好後再把花種回泥土上，叔叔彷彿融入了紫色的花田中。

「埋在這裡，四周被群花包圍，應該會很幸福才對。」

龍膽環視四周，突然發出一聲輕嘆。

「這裡雖是深山野地，但還真是好景致呢。」

龍膽帶我離開那裡。

他雖然看起來一副氣定神閒的模樣，但似乎老是迷路。他找尋的是村莊和大路，但走著走著，卻會走到懸崖邊，回頭想繞路，卻又誤闖獸徑，繞著岩山轉了一圈，回到了原點，這時天色已暗。

與叔叔相比，龍膽果然是完全屬於鄉里的普通人。

我喪失說話的能力了。我能理解龍膽說的話，但就是說不出話來。不得不表達意見時，只好採比手畫腳的方式。

我替龍膽摘野草、捕溪魚、從鳥巢裡取鳥蛋。當我將這些東西送到他面前時，他臉上流露驚嘆之色。

「你怎麼有辦法弄到這些東西？這可不光只是一句從小在山上長大就解釋得了的。你到底是什麼來歷？」

他靜靜注視了我半晌，我也只能默默回望他。

我無意展現自己的厲害之處，所以他的驚嘆反而讓我有些意外。

「莫非你是佛祖派來的使者？還是說……你有神明的庇佑？」

龍膽開始低頭誦經。

我以手勢向他提議，由我來帶他前往村莊。龍膽坦然接受我的建議。我想起叔叔和我走過的道路，嗅聞風的氣味，預測出前方會有的地形，然後穿過森林，走下山脊。

離開埋葬叔叔的草屋兩天後的下午，我們來到一處可以望見河岸村莊的地方。

龍膽一看到村落裡比鄰而建的屋頂，馬上發出一聲歡呼，轉頭面向我。

「終於平安來到村莊了。不善言語的神秘童子啊，謝謝你。你有何打算？想回山上去嗎？還是要跟我走？」

你要跟我走的話，我不介意。

我決定跟他走。想回山上的話隨時都能回去，既然都專程下山了，體驗睽違已久的鄉里生活也不壞。

3

我和龍膽一同旅行了一個月之久。他造訪各個鄉里，替人誦經，寺院的住持提供他住宿。我對這種事一無所悉，也沒什麼興趣，所以我不知道他是何種宗教，位處什麼階級。當他與人見面，進行「工作」時，我都很少靠近。我總是四處觀賞村莊的植物，與動物玩樂。我和他保有適當的距離，不會干涉彼此。

我還是一樣摘山菜、捕魚，交給龍膽。我當這是謝禮，感謝他救我擺脫暗影絲線的束縛。

龍膽烤著我捕來的魚，對我說：

「你真是天狗的孩子。只要有你在，就不用怕餓肚子。」

他在山裡很教人不放心，但來到鄉里後如魚得水，變得相當可靠。

龍膽有時會在妓院過夜，有時會和人一起吃山豬火鍋。

一次在某座寺院留宿時，龍膽在座燈光線下說起自己的妻子因河川氾濫而喪命的事。他的妻子在大雨天外出遲遲未歸，隔天有人發現她遺體被沖往下游。我無法言語，所以搭不上話，但他向我道出自己心裡想說的話。說到最後，他流下兩行熱淚。他絕不在別人面前，流露如此脆弱的一面。

我心想，若是再繼續和他生活下去，也許會造成他的困擾，於是多次以手勢告知我想離開的想法，但龍膽出言慰留，他對我說：等到了他的故鄉後，多待幾天再走也不遲。還說故鄉裡有個他和亡妻所生的女兒。

我終於來到龍膽的故鄉，當時秋分剛過。

那是一個名叫春澤的村莊。

我還清楚記得絹代出現在寺院時的那一幕。那是個天空清遠的日子，寺院周圍的杉樹樹梢被秋風吹得窸窣作響。

她是讓人一見傾心的女孩。後來我才知道，她二十七歲，已為人妻了。以女孩來稱呼她，或許有點奇怪。她純白的衣服上有桔梗圖案，光彩奪目、聖潔尊貴。

初見絹代時，我大受震撼，急忙躲在杉樹後面。絹代一見龍膽到來，便面露微笑，向他行了一禮。

「爹，您這趟旅行還真是漫長啊。終於盼到您回來了。」

這位是誰？絹代轉頭望向我躲在樹後探頭的我，龍膽見我這副模樣，忍不住笑了出來。

「不知道他叫什麼名字。是天狗的孩子。」

「哎呀，怎麼可能會不知道名字呢，真可憐。」「爹，您也真是的，絹代微微蹙起眉頭。「該不會是您在外頭的……」

她可能想說我是私生子吧。

「不不不。是我在山裡迷路時，遇見了他。附近有個男人的屍體，好像是他父親。他也許是山民之子。他很厲害哦，能從山裡弄來各種東西，但好像不會說話。」

真的嗎？絹代側頭思忖片刻，向我投以開朗的微笑。她朝我伸手，並說了一句：「到我這裡來吧。」

我緊盯著她的手。當時我約莫十一、二歲，難道她的意思是要我像個娃娃般撲進她懷中？

「他好像在害羞呢。」龍膽笑道。

我血氣上衝，臉和耳根通紅，轉身拔腿就逃。我心慌意亂，情緒高揚。只覺得難為情，拚命思考消除自己羞赧的方法，但始終想不出什麼。

我跑了足足有一刻鐘之久，跑進了山中，後來突然想到該怎麼做了。我撿拾栗子，回到寺院，但寺院已空無一人。那一整天，我腦中想的全是絹代。

數天後，我和龍膽一起到絹代家中作客。那是一棟瓦片屋頂的房子，庭院的柿子樹結實纍纍。絹代和丈夫一起前來迎接我們。絹代的丈夫體格精壯，外表忠厚老實，後頭跟著她十歲大的女兒。

女兒的名字叫花梨，是絹代的女兒，也就是龍膽的外孫女。

「誰啊？這個人到底是誰啊？」花梨向我投來的目光，摻有興奮和警戒，大呼小叫地繞著她父母跑。

習慣之後，她向前踏出一步，向我問道：「你好，你叫什麼名字？」

我打算開口。但我在叔叔死後喪失的說話能力，至今仍未恢復。連自己叫什麼名字，也不太清楚。

「他叫天。」龍膽插話道。「花梨，他的名字叫天，就像是風一般，在山間自由飛翔的天狗之子。」

「他的父母是天狗？」絹代的丈夫開口詢問。龍膽向他說明之前遇見我的經過。

不久，大人們開始一邊喝茶，一邊聊天。

我得到一盤丸子，將它送入口中，有一股無比幸福的感覺。這種闔家團聚的熱鬧氣氛，對我來說相當新鮮。

花梨將注意力從不發一語的我身上轉開，走向絹代，抱住她的腰。絹代抱起花梨，讓她坐在自己膝上，溫柔地輕撫她的頭。

花梨一臉幸福地瞇起眼睛望著我。

這就是我媽，很棒哦。

我一臉恍惚地望著這一幕，絹代朝我伸出手，微微一笑。你也來吧，到我身邊來。

那溫暖的誘惑，令我感到暈眩，但我同時也感受到一股強烈的不安，我衝進庭院。要是讓她抱在懷裡，我會融化掉，內心世界的一切也會消失無蹤。

4

那是發生在翌日的事。

我走在路旁樹林間，走著走著，來到了樹林的盡頭。

某個角落有一大片橘色，當中摻雜著鮮紅。

我倒抽一口冷氣。

那是我小時候只見過一次的黃泉之花。叔叔喪命時，我遍尋不著的花朵。數百朵大蛇花叢生此地，花瓣盛開。我緊咬著嘴唇，心想——為什麼現在才出現。龍膽誦經時煙消霧散的影絲，似乎又無聲無息地從我眼角掠過，我全身直冒冷汗。

一旁有座茅草屋頂的草屋，四周全是大蛇花。那是座儉樸狹小的草屋，讓我想起以前和叔叔一起住過的山中草屋。

突然有名老婆婆從草庵裡露面。

她已經老得看不出年紀了。身上衣服滿是綻口，一頭銀絲白髮緊貼著額頭。她圓睜著近乎白濛的灰色雙眸，顯示她是盲人。

「什麼人？」

老婆婆又問了一次。什麼人？

我想逃離，卻呆立原地，動彈不得。站在大蛇花中的老婆婆和大蛇花一樣，釋放出不屬於這世界的詭異之氣。老婆婆喃喃自語，說著莫名其妙的話。後來我終於聽懂「去、去」這一部分，意思是要我「快滾」。

老婆婆迅速陷入沉默後，流出了口水，還露出扭曲歪斜的笑臉，掄起她藏在背後的鐮刀，以令人肉麻的聲音說：

「不走是吧？不走是吧？想要我把你拖進地獄去是吧？」

太陽被厚重的雲朵遮蔽，天色暗了下來。大蛇花那不屬於這世界的詭異之氣陡然增強了，草屋周遭的空間似乎為之扭曲了。我轉過身去，鼓足了勁，連滾帶爬地逃離現場。

沒命逃離開滿大蛇花草屋的那晚，我全身發燙，作了個夢。

叔叔出現在我夢中。夢裡，叔叔對我說了一句很過分的話。叔叔那快被我遺忘的臉，變成了天狗的臉。

天狗躺在昏暗處，一動也不動。

風聲，蟲鳴，月落。

不久，草房崩塌，出現一座紫色的花田，天狗埋在花田裡。灰色的天空下，一片紫花滿布原野。紫花在不知不覺間變為橘色，那名大蛇花老婆婆露出陰森的笑臉。

我雖是男人，但倘若我沒遇見龍膽，日後也許會變得像那老婆婆一樣。

我邁開步伐奔跑。

飛越岩石，飛越河川，飛越高山，飛越黑夜。

像山風般急馳。

目的地前方微微散發光芒。

在聖光傾注的華美土地上，絹代笑盈盈地朝我伸手，迎接我的到來。

我迎接那令人雀躍的清新早晨。

不久，我發現自己的說話能力恢復了。

那是我和龍膽再次造訪絹代家時發生的事。當時龍膽與絹代的丈夫正在談論不時會在春澤出沒的山賊。一會兒談誰死了，一會兒談誰看到了山賊。

花梨人在庭院，在由綠轉紅的楓樹下，開心地唱著手毬歌，一面踢手毬。

我來到庭院後，她將手毬丟向我。

我反投回去，花梨雙手接住，哈哈大笑，我也跟著笑了。花梨收起笑容。

「天，你不會說話嗎？」

我沮喪地垂落雙肩，花梨朝我比著自己的嘴巴。

「張開嘴巴，啊——說說看。啊——」

我覺得自己被這個年紀比我小的嬌嬌女給瞧扁了，板起臉應道：

「我、我、我會說話啊。」

花梨的表情僵住了。

聽到那許久未曾從自己喉嚨發出的沙啞嗓音後，我自己也露出驚詫之色。

花梨大聲尖叫，衝進屋裡。騙子、騙子。大家快聽我說，天他其實啊……

一家人全來到庭院。龍膽蹲身向我詢問。

「你會說話是嗎？說句話來聽聽吧。」

絹代柔聲對我說：

「說說看你自己的名字。」

「天。」我以沙啞的聲音說。

大人面面相覷。花梨緊摟絹代的腰，驚訝地望著我。

不會有事的，我如此說服自己，遙想即將到來的季節。不會有事的。

5

數年後，我在這個村莊——春澤，找到了自己的安身之所。

村莊外有河流行經，客棧和妓院面朝大路比鄰而建。一里之外的礦山工人和旅客會前來此地，讓這裡熱鬧萬分，有時還會有市集。附近的居民只要一提到「春澤」，大多會聯想到大路沿途鄙俗雜亂的景象以及妓院。

走過大路、過河往深處走，便可來到春澤的村落，相較之下，這裡寧靜得多了，居民大多是農家。

村落的東邊有一座共用的大水井，許多村民都從這裡汲取飲用水。每逢春暖時節，位於井邊的高大櫻樹便會開滿櫻花。將水桶放到井底汲水時，總會有花瓣浮在水面上。

我住在龍膽的寺院裡，定期到村莊的藥商家裡工作，工作內容就是遵照店主吩咐，將感冒藥、喉嚨藥、治療腰痛的貼布、壯陽藥等等送往官府、妓院、村民家中，或是上山摘採藥草。

藥商的藥草知識在我眼中與其說平庸，不如說是近乎無知。他深信自己販售的藥草有效，但其實沒半點功效，而且他似乎感受不到野草散發的各種獨特氣息。

藥商終日板著張臉，對事物的理解力相當駑鈍，對錢更是錙銖必較。由於他很中意我，所以我從沒想過要告訴他，光是利用附近的野草，能用的藥草種類便能增加三倍之多；我也沒有糾正他的錯誤知識，因為我明白他是個自尊心很強的男人。我也沒忘記叔叔的教誨──「不能向人透露自己的知識」。

我的說話能力已完全恢復了。

空閒的時候，我總是在植物堆裡打滾。

我的記憶將大蛇花草屋歸類成「吸人魂魄的可怕土地」，我從沒想過要再次造訪。

龍膽說，天已完全恢復成一個普通人了。

我和花梨相處融洽，兩人常常一起採山菜，坐在河灘的岩石上，腳泡進溪水裡，聊天說地。

「你之前住在什麼樣的地方啊？」

「美麗的深山裡。」我如此應道。花梨或許是覺得我的回答很有趣，捧腹大笑。我年紀比她大，但她總是不把我當哥哥看。

「有松鼠嗎？」

「很多。」

「也有狐狸嗎？」

「也有狐狸、兔子、狸貓。這一帶也有啊。」我伸手指著山上。「那一帶有很多熊會走的路徑哦。」

花梨抬頭瞇起眼睛，望著我指的山，一臉難以置信的表情。

「住進美麗的深山之前，你又住哪裡？」

「住海邊，但我已記不太清楚了。」

「我問你，你一開始是假裝不會說話是嗎？」

「才不是呢。」

河面出現鱒魚的背鰭，我站起身，迅速以右手擊向水面，以胸部接住躍出水面的鱒魚。

「今天的晚餐，我請客。」

每當我對絹代投以憧憬的眼神時，花梨總會面帶慍容，因此我在花梨面前總會盡量不靠近絹代。

某天，我一如往常入山摘取山菜和藥草，遠處突然傳來樹枝彎撓聲、撥開山白竹的沙沙聲，以及男子說話的聲音。

我躡腳朝聲音的方向靠近，發現一名被五花大綁，放在扁擔竹籃上的女子，以及圍著她席地而坐的三名男子，其中一人正抽著菸管。

從三人的裝扮來看，他們像是武裝農民集團，肌膚泛著油光，臉上虬髯叢生，腰間插著佩刀，狀似在休息。被綑綁的女子臉上有遭毆打的痕跡，衣服零亂，雙目圓睜，透出驚恐。

「在妳下黃泉之前，我們會好好疼愛妳的。」

「也許妳已不是處女了，但能夠被看上，算妳運氣好。大貫大人會好好疼愛妳一番的。」

男子露出粗俗的笑臉。

我心想，大人們常提到的山賊指的就是他們呀。我想出手解救那名可憐的女子，但那三人手上有刀，我沒把握能獨力對付他們。

不久，男子們扛起裝著女子的扁擔，開始動身，我躲在樹後一路跟蹤。跟蹤扛著扁擔走山路的人是易如反掌之事。

我先繞往他們前方。爬上路旁一塊巨岩上，向他們搭話。

「你們在做什麼？」

經我這麼一問，三人就停住了腳步。其中一名男子瞪大眼珠，立刻拔刀。

「來採山菜的是吧？只是個小鬼嘛。」

另一人瞇著眼睛說道。

「去去去。不准把你看到的事說出去，忘了這件事。」

「不，最好殺了他，他說話的語氣聽了就不爽。喂，你給我下來。」

「他在發抖。小鬼，快點下來啊。」

我確認好退路。鼓起渾身之力，將藏在身後的石頭擲向離我最近、手中握刀的那名男子。一擊命中，男子仰倒在地。

我出言挑釁，從岩石上躍下，衝進樹叢間。

他們厲聲怒吼，三人聯手追向我。我的目的就是要他們追我。我假裝跑得氣喘吁吁，讓他們以為就快追上我了，一步一步誘他們走進深山中。

「臭小鬼，讓我抓到，絕對有你好受的。」一名山賊如此喊道。

進入樹叢後，他們變成只會厲聲咆哮的笨拙生物。我提高速度，躲進草叢中，一面變換位置，一面朝他們丟石頭。我讓其中一人在長滿山白竹的斜坡上滑倒，一路滾下坡去。我用曬乾的鹿胃製成的小布袋被樹枝勾中，遺落在該處，但我的損失僅只於此。

我將驚慌狼狽的山賊留在胡蜂的蜂巢下，自己迅速回到原來的地點，割斷女子身上的繩索。女子一面發抖，一面向我道謝。我問她是哪裡人，她說自己住在春澤。於是我拉著她的手，沿山路逃跑。她光著腳，一路上我多次背著她跑。

還不到傍晚，我和她便已平安回到村莊了。

當時龍膽正在寺院裡為葬禮誦經，我告訴他事情的經過。這是重大事件。我救出的那名女子，在河岸邊的客棧工作，她帶著葛餅❻前來答謝，並和龍膽說了些話。

隔天，據說官府派出討伐隊前往追捕山賊，之後結果如何就不清楚了。我向人打聽此事，得到的淨是些含糊的回答，也不知到底有沒有成功討伐山賊。

山賊事件過後幾天，龍膽請我幫忙送些蔬菜到絹代家。

絹代的丈夫到田裡工作了，不在家中。我將整籃蔬菜交給她。

絹代已年近三旬，比起當初剛邂逅時，她現在給人的感覺更顯豐腴。我現在還是很愛慕絹

❻葛粉製成的點心。

代。其實不只是她，我對娟代的丈夫、絹代的女兒花梨也同樣愛慕。他們闔家團聚的時間，給人一股開朗、甜美之感，我很喜歡在一旁欣賞。

絹代叫我一起坐在外廊喝茶。我照做了，絹代坐我身旁。

「天，聽說你遇到了山賊。」

我略感得意，將山上發生的事從頭到尾說給他聽。這番話她應該已聽龍膽或其他人說過了吧。絹代仔細聆聽，頻頻點頭。

「已經抓到他們了嗎？」我問。

「不知道呢。」

「如果他們還躲在山上的話，只要我出馬，一定能找出他們的藏身之地。」

「不可以。」絹代沉著臉搖頭道。

「不可以做這麼危險的事。」

「妳放心，我可以和官差們同行。」

隔了片刻，絹代才自言自語般地開口說：

「山賊早晚會消失的。所以不必插手管這件事。」

「早晚？」

我不懂這句話的意思。就算有人做壞事，但只要他們去別的地方就行了——這麼消極的想法，不該是人類社會的規則吧？又不是大雨或乾旱。況且，誰又知道山賊早晚會消失？

「接下來我要說的事，有點難懂。但你也算是這村莊的一員，我不該瞞著你，或許知道比不知道來得好。」

絹代接下來向我透露的事果然如她所言，相當難懂。

這塊土地的領主，其嫡長子是個蠢材。他淨做強姦、殺人的勾當，然後請人幫他解決後續麻煩。家臣一再向他勸諫，他非但不聽，反而心生怨恨，將矛頭指向那些勸諫者。他一無是處，唯一會的就是驕縱，大家都說只要他繼承家業，終有一天會走上毀滅之路。

這位嫡長子最後以形同斷絕父子關係的形式被趕出城外。他有個同父異母的弟弟，表現優異，頗有人望。

雖說是遭到放逐，但他畢竟是領主正室的兒子。以血緣來看，他是最有希望的繼承人選，這是無法改變的事實。他帶領數名心腹，從領主正室那裡收下大筆的資助金，就離開了。名義上是前往春澤山外的國境，擔任戍守邊界的工作。

絹代說，出沒於春澤的那群山賊，就是其武士同黨。

官府也知曉此事。一有災情，便組成「山賊討伐隊」，形式上做做追捕的樣子，其實根本沒認真處理此事。山賊首領原本就是他們在路上遇到便得跪地磕頭的大人物。鄉下的官差要是處理不當，項上人頭恐怕就不保了。光是隨便散播謠言，便有可能被捕入獄。因此他們只能裝傻充愣，一遇事就視而不見，避免和他們有所瓜葛。

他們在打什麼主意，沒人知道，據說他們很少在戍衛邊界的關塞露面。從數年前開始，不時有山賊犯案，有人推測：只要他們這麼做，等到哪天那名嫡長子同父異母的弟弟來到大路上時，就能佯裝成山賊暗殺他。一旦次男喪命，就再也不必擔心被人搶走世子的位子了，為此，必須事先製造出「這附近有山賊出沒」的事實，化身成山賊行事的意義就在這裡。

他們畢竟不是專業的山賊，不可能一輩子待在山裡。他們甚至有時還會大搖大擺地上春澤的妓院，花錢擺闊。一旦他們對這個村莊厭膩了，淫邪的目的得到滿足，應該就會從村莊附近離開吧？大家心裡都這麼想，所以一直在忍耐。

「天，你最近最好別外出。也許為了工作，還是非得外出不可，但我不希望你走山路。要是再遇上他們，記得要趕快逃命。」

我一面啃著她端出來的西瓜，一面提醒自己多加留心。

回途，絹代在我的空籃裡裝滿了西瓜。

絹代總是這麼溫柔。我曾問她為何待人如此溫柔，她回答道，要是有人溫柔地待我，就一定要以十倍的溫柔回報周遭的人。因為溫柔會向外傳播，總有一天會再傳回自己身上。絹代對這種天真無邪的想法深信不疑。我問她：「要是最後沒傳回來呢？」她皺起眉頭應道：「傻瓜，那有什麼關係。不要這麼斤斤計較嘛。」輕鬆化解了我的問題。

隔天，村莊一片譁然。

一早便有人衝進寺院裡通報消息。

我和龍膽撥開聚在絹代家門前的人群。

紙門被人撞破了，衣櫃整個翻倒。絹代的丈夫雙目圓睜，躺在庭院裡，已氣絕多時。

胸前染血。

嘴裡塞著那天我在山上遺落的小布袋。

不見絹代和花梨的蹤影。

那班人變裝潛入村莊，發現我之後，一路在後頭跟蹤。他們可能以為我是絹代家的孩子，說不定他們確認過我在此進出後闖進屋內，看上屋裡的女人，就決定擄人了。

一切聲音和光線宛如退潮般逐漸遠去，我失去意識。

6

我醒來時，發現自己趴在昏暗的房間裡。

我已回到寺內了。

座燈的燈光從隔壁房間洩出。龍膽面朝阿彌陀如來像，全神貫注地誦唸佛經。

我就像個掏空的軀殼。不斷傳來的誦經聲，在我體內的空洞迴響。

也許龍膽不會原諒我。要不是我從山賊手中救出那名女子，要不是我被人跟蹤，就不會發生這件事。

我站在他身後。

我無言以對。龍膽停止誦經，背對著我自言自語。

「她落河身亡的時候……」

龍膽說的是他過世多年的妻子。

「當時絹代約莫五歲。我……到妓院去買春。那天突然下起豪雨，我猜過不了多久便會雨停，於是便到那裡打發時間。」

他的沉痛向我傳來。

「她把絹代留在家裡，在滂沱大雨中趕往河邊。因為隔壁鄰居的孩子遲遲未歸，她和人一起在雨中出外找尋。」

龍膽說到這裡突然停頓了一下。彷彿在嘲笑某個他很瞧不起的對象似的，他又喃喃重複了那句：「竟然跑去妓院買春，跟畜生根本沒什麼兩樣。」說完後不發一語。

我走出戶外。

山野的香氣飄入鼻中。走著走著，養牛的男子向我喚道：「喂，今年春天你給我的喉嚨藥有效耶。」

我本想開口回應，卻說不出話來。僵持了一會兒後，我朝他低頭行了一禮，就此轉身離去。

走進山路後，我靜靜地走著，保持敏銳的五感，不想放過任何氣息。我前往之前遇見山賊的場所，確認周邊的地形。

從他們當時一身輕裝，以及用扁擔載運女人的情況來看，他們的根據地應該離此不遠。倘若他們人數眾多，又在此盤桓數日，那麼他們的根據地附近應該有河川或泉水之類的水源；斜坡處無法入睡，所以應該是位於平地；他們還曾在妓院出入，那表示離村莊不遠；還有那天三人前往的方向。有不少線索可以查出他們根據地的位置。

我走上我鎖定的一片河灘上，走著走著，在月光下發現有人來過的痕跡。留在石頭上的許多腳印，沾在泥巴上的草鞋碎屑，燒剩的柴火餘燼，剛留下不久的草地踏痕，車輪壓痕，河中架設的魚籠，近處的馬鳴聲。

不久後，我發現一座宅邸，就位在河邊的林中深處。

瓦片屋頂、外形窄長的雄偉建築，容納十人居住綽綽有餘。馬廄裡繫著四匹馬。雖然既沒大門，也沒圍牆，卻有一座鋪滿沙粒的庭園。周遭沒有其他民房，從它的距離和地理條件來看，我確定這裡便是他們的大本營。

想到山賊大本營，原本腦中浮現的是洞窟那樣的野蠻景象，但眼前的宅邸與其說是山賊的藏身處，不如說是供主君行幸用的別館。

他們的本行果然不是山賊。

燈光從宅邸逸洩而出，無人守衛。那條塞進絹代丈夫嘴裡的小布袋，只是他們故意用來惹惱我的道具，他們可能沒料到我會單槍匹馬潛入這裡。村內不知此處的人可能只有一小部分，畢竟村裡的商人和官差們不可能不知道這裡建造了這麼一座富麗堂皇的宅邸。一切都在默許下進行，我強烈感受到這股氣氛。

我與宅邸保持距離，緩緩巡視四周。水井，小間倉庫，茅房。岩壁附近有個發出惡臭的幽暗坑洞。

是丟棄垃圾用的坑洞。寬九尺、深七尺，裡頭除了牛馬的屍骸、骨頭、銅片、稻草屑外，甚至還有穿著衣服的人類屍體，應該是從山路或村莊擄來的人吧。我定睛細看裡頭有無絹代和花梨，但似乎沒有她們的身影。

我帶了自己調配的「藥」，是使牛馬沉睡用的藥。不論是馬、牛，還是鹿，像這類大型動物，要獨自一人壓制住牠們需要相當的蠻力，而且又危險，但只要讓動物服下我調配的藥，包管牠們全身麻痺達半天之久。當然了，對人一樣有效。

我繞到廚房後門，確認四下無人後，將藥粉倒入廚房的貯存用水中。

宅邸裡傳來男人的咆哮聲、女人的尖叫聲，以及翻倒東西的聲響。

我得想辦法救這些女人脫困才行。

乾脆縱火吧……

這時，有人走近的聲音傳來了，我急忙走出屋外。

我沿著牆壁繞行時，一名渾身酒臭的男子出現在外廊，他正是先前被我以石頭擊中臉部的男子。有一瞬間，我進入了男子的視線範圍內，但也許是左眼腫脹的緣故，他似乎沒發現我的存在。男子從外廊緩步走向地面小解。

事後細想，當時我應該要用身上攜帶的刀子刺傷這名男子、引發騷動的。這麼一來，這群喪失武士風範的暴漢可能會替男子療傷，也可能會對敵襲展開警戒，就沒空侵犯女人了。

既然木已成舟，想再多也無濟於事。

當時我很慶幸自己沒被人發現，躲進了樹叢暗處。

黎明前，我手握短刀，走進宅邸裡。

屋外一人，屋內六人。合計共有七人，全部昏倒在地。因為他們喝了下藥的飲用水。

屋裡仍留有吃剩的酒席。

花梨被囚禁在宅邸內的房間，她以無法置信的眼神望著我，她臉上有遭人毆打的瘀痕。我切斷綑綁她手腳的繩索。

絹代在隔壁房間，全身赤裸，早已斷氣。

在她身旁的，想必是那名領主的嫡長子，亦即山賊口中的大貫大人。此人只有脫在一旁的衣服有點看頭，不僅長相猥瑣，身材更是缺乏鍛鍊，他身軀半裸倒臥在一旁。絹代的頸部明顯留有勒痕。

原來這傢伙有這種癖好，不僅看了噁心，更令人憤慨。

花梨一把推開我，緊抱著絹代哭泣。我們替絹代穿上衣服。

現場能動的人，除了我之外，就只有花梨了。

花梨流露恍惚的眼神，舉腳踢向男子的身軀。她發聲怒斥，流下不甘心的淚水，不斷猛踢倒臥在地、目光黯淡的男子臉腹。喝下藥而四肢麻痺的領主嫡長子，以聲若細蚊的聲音說「妳這個鄉下人，妳知道我是什麼人嗎？敢這樣對我，妳以為我會饒了妳嗎？」「住手，快去叫官差來」之類的話，但他每說一句，花梨便踢他的臉一次，他才終於闔上那滿是鮮血的嘴巴，不再多話。

最後，大貫被情緒激動的花梨給活活踢死了。

我們以繩索綑綁其他男子，將他們丟向庭園。花梨也很清楚這些人是什麼身分，知道自己一旦對他們出手，會有什麼後果。雖然她一時激動踢死了大貫，但此時的她面如白蠟，拿繩子綁人的雙手不住顫抖。今日這件事，並不是叫官差來處理便能了事。

將他們全部綁綑完畢後，花梨以不知如何是好的眼神望著我。

「該怎麼辦才好？」

我比手畫腳向她示意。

接下來的事全部交給我來辦。妳先回村莊，別再來這裡了。別把這裡發生的事告訴任何人。

「你又不能說話了是吧。」

花梨以疲憊的神情道。

「你打算怎麼做？殺光他們嗎？」

我點頭。

花梨一語不發地蹲下身。

我再次以手勢向她示意。

交給我來辦。別把此事告訴任何人，回村裡去吧。

失去母親的少女，拖著沉重的步伐離去。

我將綁起來的男子們逐一扛上馬廄旁的拖車，運往他們挖掘的垃圾坑，往裡頭傾倒。把大貫屍體也算在內的話，共有七個人，所以我來回走了不少趟。有人完全昏厥，有人雙眼骨碌碌地亂轉，也有人以嘶啞的聲音討饒。

若是留他們生路，肯定會遭報復。如果他們全部命喪於此，只要花梨不說，就沒人知道這裡發生了何事，也沒人知道誰收拾了山賊。絹代已遭殺害了，此刻的我也變得心狠手辣。

我從屋裡捧來一桶油，朝躺在垃圾坑裡攢動的男子們潑灑，放火焚燒。還有許多事非做不可。

我放走那四匹馬，確認過那七具焦黑的屍體後，傾倒了一些土到坑內。

我暫時離開宅邸歇口氣。

再次環望四周，發現河灘、濕地、草叢、樹林中昏暗的腐植土是如此平靜、遼闊，與我和他們一決生死的那晚相較，宛如不同時空。

我感覺到光和水孕育的生物特有的氣息。感覺到昆蟲、小動物。只要想做，任何事都辦得到。心中那熟悉的世界又再度出現了，彷彿我失去語言所換來的補償。

我收集這一帶唾手可得的材料，當場調配毒藥。我有許多年不曾製作毒藥了，但我沒花多少時間便調配完成。

為了避人耳目，我在遠離道路的樹叢間穿梭，返回春澤的村莊。

我從後門潛入空無一人的官府後院。我常幫藥商跑腿，四處露臉，所以這件事對我來說輕而易舉。

午餐時間在即。我掀開廚房水井上的木板，朝水裡下毒。然後就返回林中，沒讓任何人瞧見。

我真的動怒了。要是官差們和山賊掛鉤，那他們得為絹代的死付出代價。雖然不知道會死多少人，但只要井中下毒的事引發軒然大波，眾人暫時就無暇顧及山賊的事了。

7

我來到那座大蛇花的草屋前。花還沒開，現場並無先前那股空間扭曲的氣息，就只是一片死寂罷了。

我往內窺探，裡頭果然空無一人。有生銹的鍋子、火盆等生活用具。裡頭積了厚厚一層灰，屋頂少了一塊，地板上長出菇來，照這些跡象看來，似乎已有很長一段時間無人居住於此了。

那位老太婆肯定已駕鶴西歸。

我放下以布包裹全身的絹代屍體，鬆了口氣，在屋簷下打起瞌睡。

我花了足足半天的時間，才以拖車將她從山賊的宅邸運來此地。

我打掃草屋，修理屋頂。從山賊宅邸的空屋借取能用的生活用具，運往草屋。我完全沒搜刮他們的財物，反而還認為這些東西還是留著別動比較好。

我的第一項工作是保存絹代的遺體。我將她的遺體收放在一座塞滿布的棺木裡，以樹液塗滿它與棺蓋間的縫隙，讓棺材完全密閉。接著再以黏土塗抹固定。

七天後，草屋周圍開滿了大蛇花。

有幾位村民前往山賊宅邸了，我爬到樹上遠望他們查看屋內的模樣。村民們四處東張西望，搬出值錢的東西，堆放在拖車上，匆忙離去。

那處棄屍用的坑洞已被掩埋，沒人靠近那裡。

倘若花梨說出我用毒殲滅那群山賊的事，那村民當然會聯想到我就是朝官府井裡下毒的兇手。我不認為花梨會不小心道出此事，但我也不打算在村民們面前現身。

絹代死後，我決定將今後的人生全部投注在大蛇花的研究以及草薙的研發上。

與其他植物相比，大蛇花果然明顯具有不同的特質。就算摘下它的花瓣和葉子，隔天它一樣會重新長出。在太陽底下，整朵花是透明的。在黑暗中，則微微發光。我有一種預感，若是以此作為材料，或許真能成功。

但我不知道什麼是草薙，因此要做出草薙委實困難。儘管手中握有大蛇花，卻不知另外還要再搭配什麼、該如何調配。

儘管如此，我還是決定放手一搏。舉例來說，如果讓一個不懂「馬車」為何物的人站在馬、車輪、拖架面前，給他一些線索，然後叫他動手製作的話（前提是這個人清楚了解各種材料的屬性），經過一再失敗和測試，要「發明」馬車並不是夢。我有這個資質，我對此深信不疑。

我先嘗試煎煮大蛇花的花瓣，將球根搗碎，然後以陷阱捕獲的動物做實驗。服用大蛇花的動物，並無特別變化。既不會喪命，也沒因此變得更有活力，它也沒提高傷口恢復力的功效。

動物不會說話，所以無法肯定它完全沒功效，但若光是靠大蛇花，看不出有何顯著功效。

我就像被附身似的，不斷收集山野中的秘密，以小瓶子加以保存，反覆調配。我這麼做沒任何理由。如果是龍膽，或許會說這是阿彌陀如來的指引，連聲稱頌佛號。

我全副心思都擺在山野中，草薙便隱約成形了。就像在耀眼的白雲下，一陣吹過高原的風。

在無法取得任何材料的冬天來臨前就得決定成敗，我從早到晚都在山野間遊走。一旦感覺到村民的氣息，我便藏身不讓人發現。為了創造出我腦中描繪的「散發聖潔之氣者」，我不惜付出一切努力。

每天晚上，我都和絹代的棺木說話。不過我已經發不出聲音了，所以都是以內心獨白代替口頭言語。

今天很冷呢。晚霞很美哦。今晚吃肉。我已經替妳報仇了，妳放心，我還是一樣愛妳。

絹代沒回答，但我總覺得她的靈魂在與現世不同的另一個次元，清楚聽見我內心所說的每一句話了。

森林逐漸換上秋裝。當樹木披上鮮豔的紅黃色彩時，我終於製造出草薙了。那只是我「自認為是草薙的東西」，不過我還是決定稱之為草薙。

我在大蛇花中添加的東西有：某種黏菌（在一處古老墓地附近取得的金色黏菌，它散發的氣與大蛇花相同）、磨碎的樹果、野草等。

草薙狀似寒天，顏色透明，帶有黏性，宛如生物般（也許它真的有生命）在竹筒中滑溜地晃動著，我像撈麥芽糖似的，以湯匙撈起一匙，在陽光下觀察它，只見它微微發出紅、橘、黃、紫的光芒，蘊含一股天界之氣。

不知這是能讓人起死回生的復活藥，還是長生不老藥。不大膽嘗試，便無法得知結果。

之前我捕獲了一隻猴子，一直留著作為這天的實驗對象。我以鐵鏈綁住牠的腳，繫在木樁上，加以餵養。

清晨到來了。

我在水壺中倒入摻有草薙的水，站在猴子面前。猴子朝水壺望了一眼，嚇得縮起身子，長聲尖叫。牠已馴養多時，如果是平時，根本不會拒絕我餵牠的食物和水。看來，猴子也發現摻在水中的靈藥所散發之氣了。

猴子別開頭，開始發抖。不得已，我只好按住牠，撬開牠的嘴，硬將草薙灌入牠口中。

數十秒後，猴子就癱倒在地了。跡象清楚顯示，猴子的生命力正急速從牠身上流失。再過不久牠便會喪命。

不可能會這樣啊。我惴惴不安地將另一隻狸貓抓來，牠和那隻猴子一樣是我以陷阱捉來加以豢養的。我用刀子在狸貓身上劃下一小道傷口，塗上少量的草薙。我猜想，只要塗上它，應該能發揮治癒傷口的功效。

結果馬上顯現了。狸貓以怨恨的眼神瞪視著我，牠眼中的光芒倏然暗去。

一會兒過後，動物體內湧出像黴菌般的黑色物體，包覆屍體。

這就是草薙？我當作草薙的東西，只會製造出骯髒的屍體嗎？是這麼沒用處的東西嗎？

那是我遵照腦中湧現的啟示做出的東西。

山野以無聲之語向我透露凡夫俗子無從得知的秘密，這藥應該是秘密的集合體才對啊，但它卻失敗了。我有種遭到背叛的感覺。

我將動物們的屍體留在原地，意志消沉地回到草屋內，蹲地抱頭。

話說回來，草薙這種東西，也許只是有名無實，也可能是古人平空想像之物，並不存在於現實世界中。我只覺得自己白忙一場，徒勞的感覺像山一樣龐大。

我沉沉入睡。

不知睡了多久。半夢半醒間，我聽到一個沙沙聲。

我的意識馬上回到現實世界，縮起身子，豎耳凝聽。

有某個東西在草屋附近。是人還是動物？當我出外查看時，對方的氣息已遠去了。

照理已經斷氣的動物，突然不見了。

我猜應該是被鼬給叼走了。到頭來什麼也沒留下，思緒至此，我頓時流下絕望的眼淚。

隔天清晨，我悄悄回到村莊。

我不知該如何是好。到絹代的老家一看，那裡已被嚴重破壞。我穿過林間，走在四處飄散人類生活氣味的小路上，內心忐忑不安。

我想去寺院看看。半路上，一名手持水桶的少女出現在前方。是花梨。

花梨見到我，瞪大眼珠，手中的水桶掉落在地。我心一慌，轉頭就跑。花梨追了上來，喊著要我別走。

我不停跑，保持一段距離後回頭往後望，等花梨追向前來，然後我又繼續跑，保持距離後再回頭看，像狗一樣不斷反覆這動作。我們最後到了河灘。

「你別跑，別跑，好好聽我說。」

花梨跑得上氣不接下氣，不住喘息，張大眼睛注視著我。

「天，原來你還活著。太好了。你之前跑哪兒去了？」

花梨淚如泉湧。我等她繼續說。

她環視四周，確認四下無人後說：

「我現在住在外公的寺院裡。天，你不回來嗎？」

我點頭。

「……你放心，實情我只告訴外公一人。那天我走山路順利逃出後，猶豫了一整晚，才做出這個決定。還有，某天，官府突然有好幾名官差喪命，寺院頓時忙翻了天，有人還說這是怨靈作祟。該怎麼說好呢，整個村莊現在亂成一團。山賊是怎麼一回事，大家也不明白。」

所以你不必再躲藏了，儘管回來吧，不會有事的。而且就快冬天了。

外公也很擔心你呢，一直問你到底跑哪兒去了。

「不過，今天能遇見你，真是太好了。謝謝你那天出手相救。」

不知為何，我之前總認為花梨可能憎恨我，我害怕她會當著我的面說「把我娘的屍體還給我」，但後來仔細一想，那天花梨臉上沒有絲毫怪罪我的表情。也許她不知道「絹代」在我手上。

在晚秋的寒氣中，花梨堅強地掌握自己的未來，凜然而立。

「告訴你哦，我們要離開這座村莊了。」我聽了目瞪口呆。

據花梨所言，她將和龍膽一起搬到好幾十里遠的城下町去。她住在春澤的表兄弟們也會一起同行，幾乎是整個家族一起搬遷。

「就在下雪之前。我們已無法繼續在這裡生活了……因為有許多痛苦的回憶。今後我們要去的地方，比這裡更熱鬧。那座寺院會有別人來接手。天，你……」

花梨話說到一半，突然打住。

天，你……今後有何打算？現在在忙什麼？之前做了些什麼事？

花梨可能是在等我說些什麼吧。不過，失去說話能力的我，一句話也答不出來。

花梨臉上蒙上一層黑霧，心想，你還是和那天一樣，無法說話是嗎？

突然間，她比比自己的嘴巴，以開朗的聲音說道：

「張開嘴巴，啊——說說看。啊——」

霎時間，一道光射向我心中——我們甚至還相視而笑，但那道光旋即變弱，最後消失了。

我不發一語地搖了搖頭，踏著岩石越過小河，衝進滿是枯樹的森林。她沒再追來。

心中真是五味雜陳，我沒想到他們會離開村莊。他們迎向未來了，我則繼續深陷在過去的幽暗泥淖中，我不禁這樣想。

——你有何打算？

我哪兒都不去。就算他們同意我一起同行，我也不能將絹代丟在這裡。況且，現在我根本不想去陌生的地方——那還是人更多的地方。

總之，花梨和龍膽將離開春澤了，這不就表示「就算我繼續將絹代留在身邊，也不會再感到愧疚了」嗎？

花梨沒提到那天的事，也沒提及關於絹代遺體的事。或許對她來說，那是不願憶起也早就打從心底遺忘的事。若真是這樣（雖然我早知道並非如此），我覺得，她似乎已正式將絹代轉讓給我了。

我查看陷阱，發現一隻野兔。我再次以野兔測試草薙。

這次兔子死後，我仍繼續觀察。為了不讓牠被其他野獸奪走，我把牠帶進草屋的屋簷下，放進柵欄中。

像之前一樣，死兔體內湧出黑色的黴菌，全身變黑。過了一會兒，表面變得無比僵硬。心臟和細胞都停止活動了，完全沒任何生命跡象，但是漆黑的兔子體內，卻有一股像是黑暗深淵中形成的混沌渦漩之氣。

我一直望著兔子的黝黑屍體，直到入夜，後來覺得睏了，便躺下歇息。

夜半時分，一個手掌拍打地板的聲響傳來了，我睜開眼睛，望向室內角落的兔子屍體。黝黑的肉塊正發出閃爍的光芒。

屍體不時會發出銀色火花，照亮草屋。

火花平息後，那黑色的肉塊開始傳出一陣「啾啾」聲，很像是天牛的叫聲。在黑暗中，肉塊的一部分（是頭部）開始分離。有某個東西在鑽動。

頭部鑽出了一尾蛇。

牠扭動身軀，從柵欄間的縫隙穿出，消失在外頭的草叢中。

四周變得明亮許多，看得很清楚，原本柵欄內留有兔子形體之物已消失無蹤，連骨頭都不剩，只留下黝黑的煤灰。

那是個寧靜幽暗的冬夜。我獨坐爐邊，靜靜凝望那密封的棺材。絹代就躺在裡面，她已完全屬於我了，一想到這裡，心中的落寞便稍稍獲得紓解。

我從山賊的宅邸拿了白米，還有自己採集的樹果和肉乾。獨自一人度過寒冬，並不成問題。

屋外白雪靜靜飄降堆積，樹幹和枝椏化為一片雪白。

自從實驗過那隻兔子後，我又找了幾隻動物測試草薙的功效。我這才明白自己製作出何等神奇的靈藥。草薙不會為生物帶來死亡，也不會讓生物復生。它超越生死，應該稱之為轉生或是質變的奇蹟。

兔子服下草薙而斷氣的那一刻起，體內便開始準備要變化成下一個生命了。我沒將巨大的蛔蟲誤看成蛇，兔子體內原本也沒有蛇棲息其中。

我捕捉到其他野兔，同樣以草薙進行測試，足足花了三天的時間才產生變化。這次不是變身成蛇，而是老鼠。我再拿蟾蜍實驗，牠被黑繭包覆後經過半天時間，最後變身為山椒魚。我還抓到一隻在雪地中找食物的狸貓，經測試後，牠在十二天後的中午變身成一隻鴿子。

什麼動物會有何變化，得花多久的時間才能變化，沒有固定的答案。物種、狀態、氣溫、濕度、空氣的形態，乃至於季節或月亮的盈缺等無數因素肯定都環環相扣。

我打開絹代的棺材。雖然我已盡可能善加保存了，但它仍舊已有相當程度的腐爛。不過在冬天的寒氣下，沒什麼臭味。

我想看絹代會變成什麼。我不確定它對屍體有效，之所以這麼做，只是想療慰自己。我讓草薙流入絹代口中，在皮膚也灑上草薙，然後再次封上棺蓋。

絹代的棺木始終沒半點動靜。

冰雪初融，天寒地凍中會偶見暖陽的時節來臨了，棺木突然開始飄散出一股混沌之氣。每到滿月之夜，棺木便會發出閃光。

儘管過程極為緩慢，但棺蓋底下正開始產生變化。我心中無比雀躍，每天都附耳在棺木上細聽，誠心祈禱。我甚至在棺蓋上鑿出通風孔，以免新生命誕生時窒息。

我多次夢見懷念的絹代柔聲對我說著溫柔的話語，緊摟著我。

在一個空氣中滿含春天芳香的夜晚，棺木散發的混沌之氣消散了。取而代之的，是摩擦木板的聲音。

我急忙打開棺蓋，棺內滿是漆黑的煤灰。

是隻貓頭鷹。

也許是因為沾滿棺內煤灰的緣故，牠全身黝黑。

貓頭鷹抖動身子，以黃色的眼珠凝睇著我。

多麼可愛、率真、惹人憐愛的生物。

不僅如此，我也感覺到牠的剛猛。牠是劃破黑夜寂靜，獵捕小動物的獵人。那是獨立、帶有野性的剛猛。我心中無比感動。

不知這樣過了多久，貓頭鷹突然挺直牠原本蜷縮的身軀。

就在我正感不妙的瞬間，牠捲起煤灰飛了起來，從茫然的我身旁通過，飛往草屋外。

我急忙追向前。

貓頭鷹展開雙翼，奮力振翅，化為深藍夜空中的一粒黑影。一去不返。

接下來的數日，我做什麼也提不起勁，渾渾噩噩。我當時應該怎麼做才對呢？應該要把草屋的門關上，別讓牠逃走嗎？可是，真這麼做的話，接下來呢？要剪去牠的羽毛，關進一個大鳥籠裡，加以豢養嗎？如果這貓頭鷹只是普通的鳥，或許可以這麼做，但一想到牠就是絹代，我便下不了手。要是我真這麼做，我便完全陷入瘋狂的泥淖中，再也無法脫身了。

那樣也好，一切都結束了。

想到這裡，我覺得自己就像放下了身上的重擔，一股解放感油然而生，四肢頓時疲軟無力。

我從草屋來到河邊，沿著支流溯溪而上來到一座溫泉，我泡進去仰望初春的天空。鳶飛天際，發出聲聲清嘯。

我想起自己以前殺害叔叔的原因。會殺他，是因為他在那美麗的深山裡對我說過一句話。

——你是熊生出的孩子。

這是我向叔叔詢問有關我父母的事情時得到的回答。他告訴我，我一直當作是自己父母的那對夫妻，其實是他的舊識，和我沒半點血緣關係。這真是莫大的侮辱。

叔叔那一本正經、像在揭露什麼重大秘密似的口吻，更是教人看了一肚子火。總覺得他下一秒就要提出證據，說這玩笑話都是真的了，我看了就覺得不耐。我那時真是既愚蠢又不成熟，我應該反問叔叔，問他是什麼生出來的才對。

泡完溫泉返回住處的路上，我與一名以扁擔挑著野鴨和野兔的獵人擦身而過。他以冷冷的眼神望了我一眼就走了。

8

村莊東邊的神社是村莊舉辦春日慶典的會場。那裡張燈結綵，鼓聲震天，但規模不像都城裡的慶典那麼大。神社境內鋪滿草蓆，數十名村人席地而坐，親朋好友彼此談天說笑。祭神歌舞開始了。

烹煮好的雞肉、兔肉擺上桌，酒桶擱在鳥居附近。

我混進昏暗的熱鬧人群中，迅速將草薙倒入酒桶中。

離開熱鬧人群後，我朝村莊的水井而去。

井邊的櫻花早已落盡。

我將滿滿一竹筒的草薙倒進井中，接著走過吊橋，前往位於大路旁的鬧街（有酒店、茶店、客棧、妓院的街道）。

除了草薙外，我還有很多藥，村莊的藥商看了一定會目瞪口呆。

有讓人昏睡一整天的藥、讓人腿軟的藥，以及迷幻藥。

我在黎明前用盡所有的藥，離開了春澤。我並沒有特定的目的地。登上高台時，我看見春澤的大路方向升起一陣黑煙。

我走在溪谷中越過無數座山。

我抵達另一個村落，以販售山菜和草藥為生。

到處都聽得到春澤的傳聞。大路旁的妓院失火，還沒來得及滅火，火勢便四處擴散、釀成大火，那一帶被烈火焚燒殆盡。同樣那晚，與大路只有一河之隔的春澤村遭受「成群妖怪」襲擊。

我到酒店兜售山菜時，幾名男子圍在屋簷下閒聊。

——這是怎麼回事啊。喂，我曾在那裡買春呢。

——化身為村民的妖怪，突然全都現出原形。春澤的火災據說也是那些妖怪們搞的鬼。你之前買春的對象，不知道原形是什麼呢。

有人哈哈大笑，有人直打哆嗦。

——春澤那一帶很邪門。從很久以前便常聽說那裡山上住著一位鬼婆婆，還有山賊出沒呢。

——沒錯沒錯。我也曾聽人說，那裡有個天狗的小孩呢。

我臉上表情始終保持平靜，收了錢便離去。我沒放火。不過，我潛入各地、到處灑藥，所以就算哪裡不小心失火，或是消防員突然昏倒，也都不足為奇。

流言在這些陌生人之間流傳，被添上子虛烏有的細節，也被套上前因後果。有人說整起事件與那位下落不明的領主嫡長子有關，講得煞有介事。

一年後，我在盛夏時節重回春澤。傳言果然不假，這裡已完全荒廢了。大路沿途的鬧街已不復見，村莊的田地一片荒蕪，觸目所及，淨是被植物侵蝕、外表陰森的荒屋。想必那天有許多人平空消失，剩下的人也都拋下工作離開了吧。看來，再過幾年這裡將會被森林吞沒。

到時候，這裡就不再是春澤了。

看起來會像景致優美的深山地帶。沒人會設陷阱，鳥獸可以安然棲息此地，貓頭鷹也會有豐富的食物。

一隻狸貓從雜草叢生的荒屋屋簷下竄出，側頭看了我一眼，又消失於草叢中。牠原本或許是這裡的村民也說不定。

我坐向地上的樹墩。好安靜。

9

旅人撥開漫漫荒草，走進這塊土地。

崩塌的屋舍，布滿青苔的水井，道路的痕跡，無人的水車倉庫。

他穿過一處野玫瑰形成的拱門，蝴蝶在灑落的陽光下翩翩飛舞。百花綻放，爭奇鬥豔。

一隻不怕人的小狐狸鑽進旅人的胯下，走在前頭，像在替他帶路似的。

這裡宛如一座樂園。

旅人發現一名男子倚著榆樹，和一頭小熊一起睡著午覺，旅人出聲向男子詢問：「這地方叫什麼名字？」

男子抬起頭應了一句「景致優美的山奧❼」。從此，人們便稱呼當地為「美奧」。

❼日文的「山奧」意為深山。

天化之屋

天化の宿

1

宛若古剎般的荒屋後面有株巨大的杉樹巍然屹立。
這是樹圍達數公尺長的巨木。
時值夏日，美奧到處都籠罩在綿密如雨的蟬聲下。
我獨自一人仰望杉樹。漫不經心地轉身時，在雜草中跌了一跤。
兩條平行的黑色鐵條，上面布滿紅色銹斑。是鐵路。
從寬度和粗細來看，這是遠比普通電車還小的車廂專用鐵軌，它當然不通往美奧車站。為什麼這種地方會有鐵路呢，我歪了歪頭。
鐵路發散出靜謐的氣息，往昏暗的森林內畫出一道和緩的彎弧，消失在我的視線中。
剛剛父母又開始激烈爭吵了，我奪門而出，這天沒安排任何計畫。
鐵路沒有分岔，似乎不必擔心會迷路。
在難以形容的神秘氣氛誘使下，我不知不覺沿著鐵路往前走去。

2

一些女同學常對我說：「望月同學，妳家好像城堡哦。」它一點也不像城堡，不過建在高台上的白色洋房在美奧這種鄉下地方確實很稀罕。

就讀小學低年級時，大家曾寫過「朋友的優點」這個作文題目。同學互寫彼此的優點，其他人只要一寫到我，總是千篇一律提到：「她住在城堡般的房子裡，真酷。」周遭孩子對我的印象僅只如此。

「城堡般的房子」這句話，感覺多少帶有一點排擠的味道，那座「城堡般的房子」，讓我覺得有點難為情，因此我很少請朋友到家裡玩。

要走到我家的大門前，得先過一段陡坡，然後再爬上石階，所以外出是相當累人的一件事。

家父是一名建築師，經營建築事務所，但他相當清閒。不少家父設計的建築照片被裱框掛在客廳牆上當裝飾，從這點來看，他身為建築師的風評似乎不錯。他似乎繼承了一些不動產，還從中收取租金。

也許外頭的世界有人會尊敬家父，但在家中，他是個惹人厭的男人。他常出言嘲笑我母親的家人，或是他看到的市井人物。

「既貧窮又無趣」以及「既富裕又有情趣」是家父最愛用的關鍵字。他認為既富裕又懂情趣，至於他以外的人，都是既貧窮又無趣。要不就是像他一樣富裕，可惜不懂情趣。

到家裡修理東西的人、推銷員、鄉公所的人，一旦離開家父面前後，他之前隱而不露的嘲諷訕笑便會全部顯現在臉上。做那種工作還真是辛苦啊，既貧窮又無趣——他會得意揚揚地對家母這樣說。

之前作文課寫到「我的夢想」這個題目時，我寫說「我想當學校老師」，當時家父聽了一臉驚訝，他說：「當老師很辛苦耶，既貧窮又無趣。」

幸福與健全對家父而言，似乎不具任何意義，他認為人只要既富裕又有情趣就夠了。

我原本一直很尊敬家父，但到了某個年紀後，我開始很討厭他，一見他就想吐。

3

鐵路蜿蜒曲折，在森林中穿梭。

我感覺自己像個探險家，一路快步前進，途中通過一處岩壁鑿出的隧道。前方靜得出奇，鐵路旁的綠意愈來愈濃。

一陣水聲傳來了。

也許是瀑布之類的，我心中略感雀躍。

走著走著，水聲忽遠忽近。

向外挺出的枝葉看起來像佛像上的天蓋，前方站著兩名身穿和服的男孩。比我小上幾歲，像是小三、小四的年紀。

兩人都理了個大光頭，應該是雙胞胎，五官頗為相似。

兩人原本似乎在玩，見我走來嚇了一跳，頓時停止動作。

一人單手握著樹枝，一人手裡抓著蜥蜴。

我們間隔數公尺遠，一動也不動，達數秒之久。

其中一人靦腆地舉起蜥蜴給我看。

妳看這個怎樣？

他的表情彷彿這麼說。我緩緩點頭，靠近想看個仔細。

是一隻全身綠色，帶有橘色斑紋的蜥蜴，圓圓的黑眼珠相當可愛。

男孩輕輕將蜥蜴放在我手中。我把蜥蜴擺在鐵軌上，蜥蜴的模樣就像在說「我獲救了嗎？」牠東張西望，接著就一溜煙跑遠了。

其中一個男孩想朝蜥蜴跑掉的方向過去，另一個攔住他說：「不過是蜥蜴罷了，算了啦。」

「大姐姐，妳是從哪兒來的？」

我指著自己走來的方向，應了一句「從鎮上來的」。我也可以回答是美奧，但我認為這裡也算是美奧。

「來自鎮上啊。那麼，妳認識尾根崎的小翔嗎？」

我心想，我怎麼可能認識，向他們搖了搖頭。

「你們是……」

「建平。」其中一人說。「幸平。」另一個人說。

「是雙胞胎嗎？」

「是啊。」

「大姐姐，妳是解苦的旅人嗎？」

解苦之旅？我側頭表示不解。

幸平擦去鼻涕後，用他擦鼻涕的那隻手拉住我的手。

「妳想看獨角仙嗎？」

「有嗎？」

兩人互望了一眼後，咧嘴而笑。他們大概想向我展示吧，我也愈來愈想看了。

「可是，不能帶她回家耶。」

「如果是解苦就沒關係。」

我和雙胞胎一起繼續往前走。

途中，我們偏離鐵路，走進一條野獸通行的道路。道路的入口很不起眼，倘若沒人指出，肯定不知道那裡有條小路。

走了一小段路、鑽過一扇腐朽的木門後，樹林中出現一座水質清澈的清泉和民房。

民房有兩層樓，雖沒掛上招牌，卻會讓人聯想到老舊的民宿。換言之，這是一棟看起來有不少房間，構造有點複雜的木造房屋。

庭院裡有座雞舍，裡頭有幾隻白矮雞。雞舍後頭擺滿了故障的壁鐘、生銹的引擎，以及貓頭鷹的擺飾。

「這裡是解苦之館。」

「是我家。」

晾在洗衣繩上的床單後方走出一位身穿圍裙的太太，像是這對雙胞胎的母親。

「哎呀，幸平，這位女孩是……？」

這位阿姨瞇起雙眼時的目光，令我全身僵硬——我想起雙胞胎其中一人之前說過，不能帶我回家。

「她是來解苦的。」

建平如此解釋。

那位阿姨的目光從雙胞胎臉上移向我，伸手搭在我肩上，露出驚詫的表情。

「妳是……」

她露出笑容。

「吃個點心再走吧。」

我們在外廊上吃草粿。不知為何，這位阿姨對我特別溫柔，我就這樣度過一段輕鬆自在的時光。

雙胞胎其中一人端來一個裝有獨角仙的盒子。欣賞了一會兒後，我們開始在房間裡玩跳棋。臨近傍晚時分，突然有風雨欲來的跡象，不久後雨滴嘩啦啦打向屋頂和樹木的聲響便傳來了。也許他們是急著要收衣服吧，我聽見走廊有一陣急促的腳步聲。玩完跳棋後，我們改玩花牌。窗戶敞開，雨後的草木氣息灌入屋內。

壁鐘響了，那位阿姨呼喊「建平」的名字。建平去沒多久便回來了，他告訴我：「我媽說，待會兒會有暴風雨，叫妳在這裡過夜。」

「可是……」

本以為他們會對我說「妳該回家了」，所以我頗感意外。從外廊往外看，黑暗中下著傾盆大雨。空中不時有閃光劃過，傳來陣陣雷響。

在別人家過夜很有吸引力，但他們可是今天才認識的人吶。正當我猶豫不決時，拉門開啟，雙胞胎的母親走來。

「聽我的建議，在這裡過一夜吧。這可是暴風雨呢，這裡離鎮上又那麼遠。況且，我也想和妳聊聊。」

晚餐吃的是炸蝦、味噌湯，配白飯。大人好像在其他地方用餐，房間內擺出的和室桌前只有我和雙胞胎三人。

「老大不知道回來了沒。」

幸平心不在焉地說。

「你說的老大是誰啊？」

「就是我們的老大。」建平應道。我猜可能是他們的父親。

「哎呀！」

「用不著鬼叫吧。」

一切曖昧不明。

不過，我就像到親戚家作客般，感覺頗為自在。

「哎，因為幽香是解苦嘛。」

「是不是解苦，我們看得出來，只要老大來就知道了。老大很溫柔的，妳不用擔心。」

不久後，那位卸下圍裙，改穿一身和服的阿姨向我呼喚：「來一下好嗎？」建平和幸平也跟著站起身，阿姨予以制止：「你們待在這裡。」

她帶我走過走廊。

好寬敞的屋子。

到處都是昏暗的房間，空中微微飄蕩著焚香的氣味。屋子深處有個充滿神秘氣氛的窄細樓梯，掛在牆上的鬼面具、年代久遠的泛黑屋柱，都教人看了不寒而慄。

走上走廊深處又高又陡的樓梯後，我被帶往一間約八張榻榻米大的房間。

我被現場的氣氛震懾了，戰戰兢兢坐向地上擺出的坐墊，不知該做什麼好。

「妳是家住山丘上的望月先生的女兒對吧？」

阿姨一開始便向我確認此事。

我為之一驚，點了點頭。我剛剛並未報上自己的姓氏。

「阿姨是個情報通。大部分的事情我都知道，所以知道妳是來解苦的。」

我不知道什麼是解苦，我想像那是像針灸治療之類的東西。我回答她，我並不是來解苦的，但我話才一說完，阿姨便態度丕變，反問我一句：「那妳為什麼會在這裡？」我擔心她會在這傾盆大雨的夜裡將我趕出去，一時答不出話來，蜷起身子。

「妳放心，用不著這麼緊張。」阿姨柔聲道。

「請問……解苦是什麼？」

「哦，解苦是吧。」阿姨頷首。「這可不好解釋呢，因為解苦有很多方式。像妳這樣的女孩獨自前來解苦的情況很少見。不過，打從一開始見到妳，我就知道了，妳確實有不少苦。」

「苦？」

「痛苦的苦。不過，妳自己可能不知道。」

阿姨開始向我解釋。

那個呀，解苦的意思是解除痛苦。人只要活在世上，一定會感到痛苦。如果痛苦像遮蔽太陽的浮雲，那就不需要解苦了，因為總有雲開見日的一天。倘若痛苦像阻擋道路的倒樹，那也不需要解苦，因為只要加以跨越，或是換條路走就行了。

不過，痛苦要是在心中盤根錯節，那就需要解苦了。否則痛苦永遠也無法消除，有時還會毀了人的心靈。

我們有能力化解這些盤根錯節的痛苦唷。

「解苦是要做什麼？」

「因人而異。有時是和老大一起前去參拜美奧菩薩，不過妳嘛，得靠解苦盤來『天化』，要花上四、五天的時間。」

我沒問她天化是什麼，應該是我不明白的儀式名稱吧。不過，更大的問題是，它得花上四、五天的時間。

「阿姨，」我惴惴不安地說。「我不需要解苦。」

「嗯，我們不會強迫妳。老實說，如果不用解苦就能解決的話，最好還是別做。只不過，這是漫長人生中的問題，有時候還是先做比較好。」

「可是我沒錢耶。」

「錢？」阿姨蹙起眉頭。「我們不會向妳這樣的小孩收錢的。拜託，解苦又不是做生意。」

樓下傳來一個男人的雄厚嗓音，「喂，還在嗎？」他大步走上樓梯。

拉門開啟，一位挺著個啤酒肚的大叔出現了，他那頭自然捲頭髮亂亂的。

「哦，原來在這兒啊。聽說妳是家住山丘上的望月家千金是吧。」

我低頭行禮，說了聲「您好」，大叔點頭回禮。

「是孩子們帶來的嗎？」

「我正建議她進行解苦。」阿姨對男子說。「因為她的苦多得驚人呢。用『天化』你看怎樣？」

「說得也是。」大叔瞇眼打量我。「妳要做嗎？」

我露出苦笑，搖搖頭，沒有明確說出意願。

「嗯，那妳就好好考慮一晚吧，該睡覺了。」

那天晚上，我在二樓的房間過夜，建平、幸平這對雙胞胎也陪我一起睡。在大鐵鍋內泡完澡後，他們借我一件浴衣。

這對雙胞胎得知我會留下來過夜後，雀躍不已。

「關於解苦，他們跟妳說了什麼？」幸平從被窩裡探出頭來，如此問道。「幽香，妳打算怎麼做？」

「好像是說要用解苦盤進行天化。我不是很懂，但我應該不會做才對。」

「以解苦盤進行『天化』是吧。我曾經做過呢。」建平感慨良深地說。「我養的狗死掉的時候。」

「感覺怎樣？」

「覺得很輕鬆。」

「會不會痛？」

建平笑著說，一點都不痛。

「老大很溫柔的，妳放心吧。」

兩人依偎在一起，一臉幸福地睡著了，呼吸變得深沉。

我想著那位阿姨說的話，細細思考自己的痛苦。雖然不知道我的痛苦是否和她說的「苦」一樣，但我的確時常感到心神不寧、擔心害怕。做任何事都感到空虛，對許多事感到憎恨。像這種時候，我會全身使不上力，感到心痛如絞。

那是我半夜走下樓梯上完廁所後，在走回房間的路上發生的事。

雨已止歇，從玻璃窗射進屋內的月光照亮面向庭園的走廊。

這裡是哪兒呢？感覺好像離我住的鎮上無比遙遠。

正當我陷入沉思，發起呆來的時候，一片寧靜中突然發出一陣悶悶的嘈雜聲。

這聲音透過牆壁和拉門傳來，既像誦經聲，也像交談聲。

嘰嘰喳喳、咕嚕咕嚕、嘰嘰喳喳、咕嚕咕嚕。

外頭的貓頭鷹發出鳴叫，那陣嘈雜聲彷彿以此為信號戛然而止。

寧靜像水一樣灑落四周。

總覺得自己像闖入了夢境。這房子會不會因為某個原因而突然消失，讓我被遺棄在原野上呢？我迅速想像了那畫面，全身發起抖來，急忙快步返回房間。

4

小六那年，我有一段時間每星期五都會去上小提琴課。

那是某音樂大學畢業的女老師，在自家開設的音樂教室。她幫一間約十五張榻榻米大的客廳加裝防音設備，在裡頭架設了鋼琴，充當練習室使用。

一堂課四十五分鐘，基本上算是一對一課程，但因為排我前面的男孩時常遲到，所以他常和我一起練習。我們兩人的琴藝一直都沒長進。

那男孩大我兩歲，上另一所國中，有一張俊秀的臉孔，舉止溫文儒雅。男孩名叫柳原黎磁，老師都叫他小黎。

他氣質出眾，踩著滑板車出現的模樣相當迷人。

我曾和小黎有個幾次簡短的對話。

「妳喜歡小提琴嗎？」我們兩人獨處時，小黎這樣問我，我搖頭應了聲「不」，他笑著回答：

「我也不太喜歡呢。」

因為不喜歡，所以小黎不久後便沒來上課了。當我聽老師說他不會再來的時候，心情跌落到了谷底，因為我一直當他是我的「真命天子」。我相信這世上某個地方有我的「真命天子」，他會前來解救我，改變一切，我一直以為那個人就是他。如果小黎是我周遭的人，或許我就不會這麼想，但因為他年紀比我大，又來自另一個不同的領域（也就是和我不同校），所以給了我無限的幻想空間。

不久，我也離開了那所小提琴教室。

一年後，我意外與小黎重逢。

那是十二月的事。我在書店買完雜誌返家的路上，有人從後面叫我。

「喂，等一下。」

我回身一看，是小黎。我以為自己在作夢，心跳得好快。儘管我已沒去小提琴教室上課，但我還是每天晚上祈禱「神啊，請讓我和小黎重逢」。

小黎身穿黑色皮衣搭牛仔褲。短短一年，他又長高了許多。他身後站著一名女孩，身穿白底粉紅條紋的夾克。

他告訴我，他們兩人也想買和我一樣的雜誌，所以前往書店，但慢了一步，最後一本被我買走，他們只想看雜誌裡的兩個地方（造訪日本的外國運動選手專訪，以及刊出他們朋友投稿內容的讀者欄），希望我可以借他們看。

看來，小黎已不記得我是一年前和他在同一間小提琴教室上課的女孩了。

我們順道前往公民館。我坐在中間打開雜誌，他們兩人分坐兩旁看。

我知道自己的臉頰發燙。小黎似乎對雜誌的報導興趣缺缺，感覺是與他同行的女孩想看，他才開口叫我。他們朋友的投稿確實刊登在雜誌上，兩人一陣歡呼。

「嗯，這樣就行了，謝謝妳。」女孩心滿意足地說，並闔上雜誌。

這女孩是小黎的妹妹，還是親戚呢？身處我們當時文化氛圍中的人就算對異性有好惡，也不會有名為「交往」的行動，男孩子一般都是和男性朋友吵吵鬧鬧地玩在一起。

「一起去吃熱狗吧。」

女孩如此提議。小黎意興闌珊地向女孩應了一句「哦，好啊」，轉頭面向我。

「我請客，就當作是妳借雜誌給我們看的謝禮，一起去吧。」

「啊，對對對，說得是。一起去嘛，走吧。」

女孩以略顯不自然的口吻說道。

我們在車站前的攤販旁吃熱狗時，細雪飄了下來。三人言不及義地閒聊，我始終沒提起以前和小黎一起在小提琴教室上過課的事。小黎站在我身邊，替我拿來番茄醬。

小黎突然看了手錶一眼，說「我還有事，先走一步」就離開了，於是我們就此解散。

那女孩名叫亞美。和小黎同樣年紀，換言之，她大我兩歲。

道別時，亞美笑咪咪地跟我揮手。

「幽香，再見囉。」

一年前認定他是真命天子的愛戀之心再度重新燃起了。不可能有這種偶然的，難道是有某個特別的力量在推動這一切？我愈想愈覺得有可能。

接著又過了一個禮拜，家父動手毆打了家母。不知道是因為外遇還是什麼原因，總之他們為此不斷相互咆哮，最後家母就帶著我離家出走了。這是司空見慣的事，家父常會「發瘋」。他常叨唸一些莫名其妙的話，像是「也不想想妳們是靠誰才能過這種既富裕又有情趣的生活」之類的，很不講理地責備家人，帶給我們困擾。

家母帶我住進美奧車站前的商務飯店。

「明天學校怎麼辦？」

「一天沒去上課，應該不會怎樣。明天一早，媽媽會跟校方聯絡。」

我們在餐廳吃晚餐，之後就一直待在飯店房間裡看電視。我看愛情連續劇時，把自己想成女主角，把小黎想成男主角。這段時間裡，家母一直和人講電話。

隔天，我和家母在外頭的咖啡店用完早餐後，就暫時分頭了。家母說要和家父兩人「好好談談」，先一步回家，我則打算去買些文具和書本打發時間再回家。

我發現亞美在公車站牌附近和一名流氓模樣的男子走在一起。

亞美與我眼神交會後，和那名流氓模樣的男子說了些話，便朝我跑來。男子轉身離去。

「哎呀，這不是幽香嗎？」

很高興她還記得我名字，我投以微笑。

「幽香，妳在這裡做什麼？」

「沒什麼，四處走走逛逛。」

「真的？我也是耶。」

「我想去買點文具。」

「啊，那我幫妳挑。」

「哦，好。」我點點頭。

因為她算是學姐，所以本想用敬語和她說話，但亞美卻對我說：「用不著對我說敬語啦。」

結果，我一下用朋友般的口吻說話，一下又說出敬語，用辭遣句相當古怪。我沒問她為何上學時間在街上遊蕩，畢竟每個人都有每個人的事情要處理。

我原本打算買完東西後，到圖書館打發時間。

不過，比起圖書館，和亞美一起玩更具吸引力。而且，和亞美在一起的話，小黎或許也會出現。

在百貨公司買了文具和書本後，我和亞美走進電動遊樂場，亞美很慷慨地給了我五百日圓。

之後我們到一家剛開幕的速食店，她買漢堡請我，我們兩人拎著漢堡前往公園。

亞美真是個不可思議的人。她告訴我學校發生的趣事，聽起來就像當紅搞笑藝人在電視上演出的搞笑短劇，她還得意揚揚地說她有個長她幾歲的朋友，是飆車族，「所以要是有人敢瞧不起我，那群飆車族就會給對方好看。」

之前在便利商店裡，她神不知鬼不覺地將點心和便宜的香水塞進懷裡。

在公園的森林裡，亞美抽著菸。她問我要不要抽，於是我請她教我怎麼抽，點了根菸。

「會不會有害健康？」

「香菸是吧？只要抽完後吐個口水，就不會有害了。」

亞美朝一旁吐了口唾沫。

「之前跟妳在一起的那個男生……」我一面咳，一面裝作若無其事地問道。「是個什麼樣的人呢？」

亞美的表情瞬間蒙上一層陰影。

「哦，妳是指黎磁嗎？」

「原來他叫這個名字啊？」

我故意假裝不記得他的名字。

「沒錯，他叫黎磁，姑且算是我的男友。」

亞美吞雲吐霧。知道他們不是表兄妹或親戚後，我隱隱覺得胸口發疼。

「說來妳也不會懂的，和他交往很辛苦呢。」

「哦。」我意興闌珊地應道。

坦白說，我覺得亞美與小黎在容貌與氣質方面，似乎不太相配。就算兩人真的在交往，小黎也不會很喜歡亞美，她之所以說「和他交往很辛苦」，指的應該就是這個吧。

「那剛才那個男人呢？」

亞美一臉不悅地抬起頭來。

「妳為什麼問那麼多？」

我向她對不起，羞愧地縮起身子，亞美旋即放鬆緊繃的表情說：「幽香真可愛。」

「下次我找黎磁來，我們三個人一起玩。」

亞美提出一個令人開心的提議。

三個人一起玩的點子很吸引人。想和小黎變熟的話，三人一起玩是最自然的了。雖然亞美或許會成為愛情路上的阻礙，但連續劇裡也都是這麼演的：最終和真命天子結合的人，途中總會遭遇各種阻礙。

「嘩，好像很有意思呢，真不錯。」

「那就這麼說定了，我會告訴黎磁一聲。」

「什麼時候一起玩？」

「那就下個星期天吧。」

約在這座公園的長椅，十二點左右，不可以忘記哦。

約定好之後，我們就道別了。

回到家後，家母已做好菜。總之，生活似乎又回歸日常了。家父在晚餐時間一句話也沒說。

5

隔天一早晴空萬里，天氣很好。清早的雞啼聲喚醒了我。

到廚房吃早餐時，我告訴阿姨我想解苦。

建平那句「一點都不痛」，降低了我的戒心。

「那我先去準備一下，在傍晚之前，妳先去玩。」

阿姨如此吩咐。

到了傍晚，我被領往一間室內焚香的別房。

裡頭擺有桌椅，老大捲起襯衫衣袖，早已在裡頭等候。

我與老大迎面坐下後，他取出一個畫有蒔繪❽的黑漆箱子。

打開箱子，裡面裝著一個畫有圖案和文字、散發出神秘氣息的金屬圓盤，有擺放盤子的台座，以及數十張大小和花牌相當的卡片。

我睜大眼睛望著金屬盤。我從未見過這種東西。

「這是解苦盤，又稱作精靈盤。」

如果要舉出類似的東西來說明的話，它就像風水盤和輪盤的混合體。上頭的文字是漢字，圖畫則帶有中國風。擺放盤子的台座四邊有朱雀、玄武等四神的裝飾。

「原本應該是來自中國大陸，如何傳來的就不得而知了。不過，聽說遠古時，美奧的咒術師都用它來解讀占卜。」

「真的？」

「不知道。據說隨著用法的不同，它甚至能解讀時局和命運……不過，如今已沒人知道使用方法，現在都只用來進行『天化』。說到所謂的『天化』啊……」

老大隨手將卡片擺在前頭。卡片長得有點像花牌，但上頭畫的圖案和花牌不同。有森林的野豬、月夜下的貓頭鷹、和服裝扮的女子、竹林中的草屋、熊、外形奇特的橘色花朵、太陽、雨、星星、一群滿臉橫肉的野武士……

「算是一種遊戲。」

遊戲……

「就像麻將、花牌、撲克牌之類的。只要玩上一段時間，痛苦或許就能解除。不過，一旦開始玩就得玩到最後，否則就沒任何意義了，痛苦會全部重回妳身上。這樣還有什麼問題嗎？」

我搖了搖頭。知道不是針灸之類的療法後，我略感放心。

「那就開始囉。我告訴妳規則。我是父親，妳是孩子。接受解苦的人都是孩子，到最後都不會更換角色。」

以言語詳述「天化」的規則非常困難。「天化」是由卡片和解苦盤構成的、自成一格的世界，

---

❽以漆在漆器表面畫上圖案或文字後，再撒上金粉或銀粉，讓它固定在漆器上頭的一種技法。

解釋其規則就像對從沒見過麻將牌的人解釋牌型一樣困難。

孩子會拿到三十張卡片，他必須遵照解苦盤（它會像輪盤一樣不斷轉動）的指示，與父親的卡片配對。倘若卡片配對順利，卡片數量便會減少。等到三十張全部脫手後，這一局就算「結束」。

卡片並不會一直減少。有時卡片的數量會隨著配對的方式增加，先前丟棄的卡片也可能又重回手中。如果條件吻合，有時也能交換卡片。

在遊戲中主導一切的老大會視情況指導我下一步該怎麼做，所以初學的我玩起這個遊戲絲毫沒半點窒礙。

一開始玩這遊戲，便沉迷其中。好神奇的世界。

像「天化」如此深奧的遊戲我從沒見過，日後也不會遇到了。它和我所知道的花牌、將棋、圍棋等遊戲截然不同。

它的細部規則相當複雜古怪，與遊戲的世界緊密相扣，互動活絡，原因和結果（也就是因果關係）讓這世界的獨特性浮現，很難想像人類能發明出這種東西。

玩著玩著，會覺得自己彷彿置身雲端，化為一個俯瞰地上萬物的透明體，眺望這世界的趨勢演變。

——來到狩獵格，得到野豬卡片。和我的野豬卡片配成一對丟棄，取得作物。來到下雨格，培育作物。來到下雨格，又是下雨。雨下太多，作物全毀。飢餓。哎呀，真不該讓野豬卡片配對丟棄的。否則就不會餓肚子了。

——男性旅人，紡織女。我用這兩張卡片換來孩童們的卡片。來到繁榮格，田地豐收的卡片。好耶。吹來西風。這是什麼預兆？不知道，先不管它。我丟棄花，換來刀。遭遇嚴重戰亂。好險我有刀。

「愈來愈開竅囉。」

老大如此說道，嘩啦嘩啦地轉動輪盤。

這間別房似乎沒牽電路，房裡唯一的光源是吊在桌子上方的一盞油燈。老大高大的身軀看起來活像狸貓怪。

玩了約莫三個小時，我那三十張卡片終於全部脫手了，這一局就此「結束」。我玩得滿身大汗。

「今天就到此為止吧。『天化』一共得玩九局。第二局明天再玩。吃完飯後去泡個澡，好好睡一覺。」

走出別房後，由紗門潛入的夜氣讓我發燙的身軀迅速冷卻。

我前往昨天那個房間，晚餐早已擺在和室桌上了，但我沒半點食欲。我把晚餐收向廚房，為自己剩下飯菜道歉，那位阿姨柔聲對我說：「也對，第一次進行『天化』，有可能會吃不下飯。」

「進行得怎樣？」雙胞胎步伐急促地朝我奔來，充滿好奇地詢問我的感想，但我只應了一句「很有趣」，就早早鑽進被窩裡了。

不過，它填滿了我的思緒。

我腦中想的全是剛才「天化」的事，無暇其他。我發現了一個新世界，與「天化」的邂逅，帶給我莫大衝擊，其他事全都變得模糊不清了。離家出走的不安感完全煙消雲散，我就只是一味回想初次進行「天化」的愉悅。那天晚上我作了「天化」的夢。

隔天用完午餐，我再次被喚去別房。老大身穿粉紅色襯衫，戴著圓框眼鏡，早已在裡頭等候。

「接下來要照今天預定的計畫，進行第二局。如果晚上還有時間的話，再進行第三局。」

他從蒔繪箱中取出盤子，發給我卡片後，我旋即被吸進那世界中，猶如落進坑洞中一般。坑洞裡的另一頭，是「天化」迷人的遼闊世界。

第二局與昨天不同，卡片像雪崩般不斷配對成功，三十分鐘不到便「結束」了，速度快到我自己都不敢相信，當真是轉瞬之間。

我頗感掃興，向老大說「我還想玩」，但他回我一句「不行，傍晚再玩下一局」，不理會我的要求。

「有時也會像這樣，三兩下就結束。因為不可抗力。」

因為不可抗力而結束。不知為何，這句話一直留在我的腦海中。

總之，我一直引頸期盼傍晚的到來。

6

宅邸前碧藍的清泉深不見底，有龍棲息的深淵指的就是這個景致吧。

走著走著，會發現涓涓水流從四面八方往此匯流。

雙胞胎手持釣竿現身，向我邀約：「一起去釣魚吧。」我見建平頭上頂著一隻獨角仙，忍不住笑了出來。

他們坐在向深淵挺出的岩石上，以蟲子當釣餌放線垂釣。

「可以釣到什麼？鮭魚嗎？」

「要是能釣到就好了，可是釣不到鮭魚。」建平笑道。「要更上游才會有鮭魚。」

「可能會釣到雅羅魚吧。因為下過雨之後，或許會大量聚集。」

「不過，我們的目標是鰻魚哦。」

「我問你們，『天化』這遊戲是誰想出來的？」

「哎呀。」

「不知道。幽香也真是的，開口閉口全是『天化』。」幸平一面幫我的釣竿裝釣餌，一面說。

他說得沒錯，我開口閉口談的都是「天化」。

「因為人家喜歡嘛。」

「妳會一直玩到最後第九局嗎？」

「當然。」

「啊，上鉤了。」

建平頭上的獨角仙振翅飛走了，這對雙胞胎始終一副悠哉的模樣。

我們一共釣到五隻雅羅魚，阿姨端出陶爐，在庭園裡烤魚吃。那天沒釣到鰻魚。

釣場附近的大岩石旁擺有五尊地藏菩薩。

「去拜一下吧。」雙胞胎站在地藏菩薩前，雙手合十。我也依樣照做。

「這是墳墓。」

雖然看起來不像墳墓，但就算庭園裡有祖先的墳墓，我也不會大驚小怪。

「是你們的祖先嗎？」

「不，不是我們的祖先。」

「不然是誰的？」

「嗯……是神明。死去的人。神佛。」

「我也不是很清楚。是很偉大的人。」

「是朋友。」

想到這對雙胞胎將地藏菩薩當成朋友，我忍不住開心地笑了。

傍晚，第三局展開了，我決定全力以赴。我先入浴，讓自己覺得身心潔淨，然後用力拍打臉頰，抬頭挺胸朝別房走去。

我光看到那只蒔繪箱，便情緒激動，心跳加速。

「妳的表情愈來愈棒了。」老大取出盤子。和昨天一樣，房間內有焚香。

「充滿幹勁。」

在第三局中，我又更進一步邁向「天化」的深處。前兩局只算是「天化」的入口，就像幼兒用的淺灘。「天化」已輕易越過單純的遊戲框架，不再是以「好不好玩」之類的話語所能形容的活動。

第三局展開的世界，讓人覺得裡頭有神明棲宿，也許有個和過去或未來相同的世界，實際存在於某處。拿到戰亂的卡片，我會聽見馬蹄蹬地的聲響，拿到暴風雨的卡片，我會感受到暴風。從卡片的動向中，我感覺到各種思想，並跟著它走，接著便會有相反的思想出現，像要與之相抗般，令人混亂。本以為是善，卻突然轉為惡，原本感覺豐足之物，轉瞬間卻成為令人心寒的虛榮。攻擊與防禦。某部分成功，某部分失敗。

卡片反覆增減，遲遲無法結束。從我白天時得到的經驗中，我明白「享受」遊戲比「結束」更重要。就算卡片增加，我也一點都不覺得遺憾。

在幾乎令人眼花撩亂的重重危險中，五顏六色在我眼前迸散。有天空的蔚藍，血液的鮮紅，散發濃厚氣息的青綠，閃耀的白色。如果我打出這張卡片會怎樣？這個計策會成功嗎？

我激動地顫抖著，打出手中的卡片，並以清醒的心思暗忖——我現在一定正站在自己人生的巔峰。

我沉迷其中，不知過了幾個小時。完全不在乎外頭世界的時間如何流逝。回神時，手中的卡片已全部脫手了。

「喂，妳還走得動嗎？」

我用盡所有精力了，走起路來步履蹣跚，連老大看了都替我擔心。

我一鑽進被窩裡，便像全身融化般，完全失去意識。

亞美出現在我夢中。

在冬日灰暗的天空下，亞美雙唇微張，眼中透著不安。我第一次發現，亞美也會流露如此不安的眼神。

7

在十二月的那個星期天下午，我等了一個小時，始終不見亞美現身。天寒地凍，我靜靜坐在公園的長椅上，連肋骨也為之打顫。我喝著罐裝咖啡，但還喝不到一半，罐子已變得冰涼。

我打算回去時，正好看見亞美手插口袋，朝這裡走來。

「啊，妳還在啊。」

那是亞美開口的第一句話。對自己的遲到絲毫沒半點歉疚，而且也不見黎磁同行。

「妳真的在這裡等啊。真不好意思。」她臉上的表情這麼寫著。

「我還是回去好了。」我撇下這麼一句，她急忙攔住我，還一直問我為什麼要回去。

「天氣很冷。」

「對不起啦，我知道了。我們一起走吧。」

今天的亞美不像數天前見面時那樣說話說個不停。

我們走了一會兒，亞美像突然想到了什麼。她說：

「黎磁說他今天不能來，雖然他很想見妳一面。」

他很想見我一面？我們只有一起吃過一次熱狗，他就想見我？我心中的火焰因這句話悄悄地燃起。

「下次我會帶黎磁來的。先去吃點東西吧。」

走出速食店後過了一會兒，亞美說「我知道有個好地方」，說完就快步向前走去。我們走進一座位於坡頂的兒童公園，那是設有恐龍遊樂設施的小公園。

「黎磁他很色呢。只要看四下無人，就馬上偷親我。」

「是嗎？」

我猜她八成在說謊，表情平靜地應道。

「你們不會吵架嗎？」

「吵架是吧，如果是打情罵俏的話，倒是滿常有的事。」

亞美突然改變話題。

「幽香，我問妳，妳有沒有在天上飛過？」

「沒有。」

「瞧妳回答得這麼認真，幽香，妳還真是怪呢。」亞美笑了。

而且妳今天還真的乖乖地在那裡等。

「我告訴妳哦，我真的能在天上飛，而且還常飛呢。很棒吧？」

「怎麼飛？」

「這是……」

秘密。

亞美讓我瞄一眼她包包裡的瓶子。

「是真的在天上飛哦。我會穿過樹梢，從空中俯瞰整個市街。」

其實我也常夢到自己在天上飛。我甚至想過，這世上或許真有會飛天的人，說不定中國深山裡的仙人就會。不過，當時亞美說的話，我只是一笑置之。

本想找個機會和亞美說再見就回家的，但和她道別時要是把氣氛搞僵，日後恐怕就沒機會再和小黎碰面了。

我一直在找適合的時機向她開口。

亞美來到兒童公園深處一座枯黃的雜樹林裡，登上林中的階梯。

走上階梯後來到了一處視野開闊的空間，那裡的景致不怎麼特別，只看得到底下單調的社區，以及遠處尾根崎的瓦片屋頂。

狹小的空地裡有一座涼亭，四周到處都是散落一地的點心袋子和菸蒂。除了我們之外，別無他人。

這裡四下無人，最適合未成年人在這裡抽菸。

亞美朝涼亭的長椅坐下後，從包包裡取出剛才讓我瞄過一眼的黑色瓶子，上頭還貼著標籤。

「這是喝了可以飛天的藥。」

裡頭裝的是什麼呢？是酒嗎？也許是毒品。不，搞不好是稀釋液⑨之類的東西。我靜靜注視著瓶中的液體。

「這到底是什麼？」

「我不是說了嗎，這是喝了可以飛天的藥。很珍貴呢。」亞美噘起嘴說。「我不會分妳的。」

我突然覺得自己已完全看透她的壞心眼了。

只有我能在天上飛；真正重要的東西，我才不跟妳分享呢。幽香或許是朋友，但只算是在一旁含著手指、滿臉羨慕看著我的那種朋友。

這是正確的解讀，還是我個人偏頗的看法？如今已永遠無法求證了。亞美接著說。

「真的能飛哦，就像在游泳一樣。」

我不發一語望著她。

「在我飛回來之前，妳就待在那邊等我吧。」

厚厚雲層覆蓋的陰鬱天空中，有隻孤鷹在盤旋。我心想，今天或許會下雪。

亞美將瓶子湊向嘴邊。

一臉陶醉地閉上眼。

我不管了。

這個人……有點危險。

我轉過身，留亞美一個人在原地，悄聲離開。

本以為她會快步追向我，但我走下樓梯後，她始終沒追來。想折返的念頭只維持了一瞬間——想到要再次走上樓梯便覺得麻煩，而且我也沒這個義務，我就快步離去了。

---

❾嗅聞稀釋液的揮發氣體和吸食強力膠的功效相同。

當她睜開眼，發現像忠僕一樣一路跟著她走來的我不在身旁，不知道會是什麼心情？我在心中想像。我有一點點覺得她「活該」。

我還有另一張王牌：我曾和小黎一起在小提琴教室上過課。而且亞美不知道這件事。

小黎一定還記得，他只是故意裝作不記得吧？之前一起吃熱狗時，我覺得他彷彿在和我進行無聲的對話——（我們一起上過小提琴教室對吧？）（對啊，真高興能再和你見面。）換言之，這是我和小黎共有的秘密。

我總覺得，就算沒有亞美居中牽線，只要日後我在某個地方遇見小黎時，謝謝他之前請我吃熱狗，並提起這件往事，我們馬上就能擁有別人無法介入的親密關係。

8

「那麼，這次是第四局了。」

老大對著解苦盤說。

「累不累？」

「不會。」

我醒來時已是日落時分了，一睡就是十五個小時。我一醒來，馬上要求阿姨讓我進行第四局「天化」。

我感覺一股近乎焦急的情緒，彷彿只要沒進行「天化」，我就會崩潰。

接過卡片後，第四局的輪盤開始轉動。我感覺到房內的空氣彷彿隨之扭曲。我忘卻一切，全身沉浸在「天化」之中。

——暴風雪之夜。得到這張卡片後，招來了許多卡片。黎明之鳥。繫著鎖鏈的骨骸。不需要。啊，可是有限制。骨骸無法丟棄。能用在哪方面？完全派不上用場。也無法交換。這不是可以使用的東西。會一直留在手中。

在油燈的光芒照耀下，老大今天看起像是隻大天狗。

「『天化』是誰創造的？」

「以前的人。」

真是個無趣的回答。

「可能不是人類吧？」

「不知道。」

第四局的狀況像是被捲入一場巨大的暴風雨中。我試著以理性的木材來建造城堡，卻全部被胡亂摧毀了。每隔五分鐘便感受到痛苦。這次我試著盡快「結束」，但事與願違，反而一步步被逼入困境中。

在這一局裡，我明白自己的思慮是何等淺薄、平時有多麼自以為是了。

繫著鎖鏈的骨骸那張卡片始終留在我手中，為我招來許多討厭的事物。好的卡片全部溜走，我手中的卡片陷入膠著，愈聚愈多，到最後超過了七十張。

這感覺既像不斷遭人痛罵，也近乎遭受拷問。我既憤怒又懊悔，眼中泛淚。

如果這是普通的遊戲，我應該會把卡片甩向地上，大喊一聲「我不玩了」，就此逃離現場。但此刻我傾全身之力對峙的是「天化」，因此我沒辦法這麼做。

那具繫著鎖鏈的骨骸是……

事情發生在我拋下亞美的隔天。

我從電視新聞得知，有名國三的女學生從社區後山的斜坡滑落，扭傷了腳，一整晚都沒人發現，就那樣活活凍死了。

我腦中一片混亂，狂潮般的不安朝我襲來。要是我當時阻止她喝那奇怪的東西，她也許就不會死了。不，亞美並不是服藥才死的。她是在迷迷糊糊的狀態下滑了一跤，才被冬日寒氣凍死的。如果我能在那裡等到她清醒，陪她一起走下市街的話……換句話說，我也該為這位傻學姐的死負責囉？怎麼會有這種事。我又不是學姐的監護人，我也沒有預知未來的能力。這只能算是她自作自受吧？

我不清楚，也許我也有責任。

——在我飛回來之前，妳就待在那邊等我吧。

因為這是她臨終前的最後一句話。

要是讓人知道我當時也在場，肯定會惹來不少麻煩。我決定保持緘默，靜觀其變。這果然是正確的做法，沒人向我打聽這件事。

儘管我和亞美分別就讀不同的國中，但她的死訊仍在我班上的同學間傳了開來。

呢。

——喂喂喂，聽說藤中有一名國三學生嗑藥身亡，妳知道嗎？

——不會吧，男的還是女的？

——啊，這件事我知道，因為我有朋友就唸藤中。好像是逃避上學的女生，有人說她還賣春呢。

我感到呼吸困難，在廁所裡狂嘔。

亞美過世兩週後，我遇見了小黎。

那是個晴空萬里的日子。空氣清新，頗有冬天的味道，可以清楚看見遠方的景物。

地點就在美奧車站附近，小黎百無聊賴地站在雜貨店前。

之前一起吃熱狗的時候我就感覺到了，這次又觀察了一遍，我發現小黎確實稱得上是個美少年。他身材高大，雙腿細長，修長的體型宛如花式溜冰選手，看起來似乎運動神經頗佳。臉蛋同時具有男孩的調皮活潑，以及內斂的知性，髮型和服裝的品味也很有都會氣息。

他在遠遠的地方也很搶眼，光是站著就成了一位帥氣的英雄。

我跑向小黎身邊。

「啊。」

他露出驚訝的表情。

「好久不見。」

「是啊，妳在這裡做什麼？」

「沒什麼，散散步而已。呃……」

我原本決定見到小黎後，要和他談亞美的事。沮喪悲傷的小黎與我並肩坐在公園的長椅上，兩人低聲交談——這種連續劇般的場景，我已幻想過無數次了。我要在那樣的場景中向他吐露實情，說亞美臨終前我其實陪在她身旁。

然而，實際來到他面前後，我卻什麼也說不出口。小黎就像要化解尷尬似的開口說道：

「嗯……謝謝妳之前借我雜誌。」

他眼中帶著愉悅，我對此感到不解。

「啊，嗯。」

我還沒想到該和他聊什麼才好，這時，一名身穿學生制服，像是小黎朋友的男孩從雜貨店裡走出。

「哇嗚，你該不會是在跟人家搭訕吧？」

「哇嗚什麼啊，滾一邊去啦。」

小黎半開玩笑地做出趕人走的動作。

接著又有兩名女孩從雜貨店裡走出，可能也是他的同學。兩人都長得很可愛，打扮入時。兩人與我們保持距離，不時偷瞄著我們，開始竊竊私語。

我一臉歉疚地向小黎詢問。

「你是不是正打算要去哪裡？」

「是啊，正在討論要和朋友一起去看電影。」

朋友？兩男兩女。和學校裡的朋友一起……看電影。

我不讓他看出我沮喪的心情，故作開朗地應話：

「這樣啊，掰掰。」

「嗯，掰掰。」

小黎轉身。

四人邁步離開了。我聽見與小黎同行的女孩揶揄他：「喂，那女孩是誰啊？告訴我嘛。」小黎裝傻應道：「不知道，我為什麼一定要告訴妳。」

兩人肩抵著肩，十指緊扣。

我轉身背對他們，極力維持開朗的姿態，邁步前行。這時才發現我忘了為之前請吃熱狗的事向他道謝。

不對。我愈走心情愈往下沉，宛如陷入一座無底洞。是我會錯意了，完全不是這麼回事。小黎根本就不像我想的那樣，他不會坐在公園的長椅上低頭落淚。我跟他根本無話可說。

之前說他想見我，全是亞美扯的謊。就連亞美到底有沒有和小黎交往，也同樣模糊不明。從小黎站在雜貨店前的模樣來看，他可能連之前約好星期天見面的事都不知情。請吃熱狗那天，或許只是他剛好和拒絕上學的亞美在一起罷了。小提琴教室——一直惦記著此事的我真是蠢透了。他早忘了小提琴教室的事；就算他還記得，在正常情況下頂多也只會說一句「啊，的確有這麼回事」，就結束了。為什麼我始終沒辦法思考正常情況呢？

家裡好冷，空無一人。

就在我虛脫無力地坐在床上時，亞美最後的那句話在我腦中浮現。

——在我飛回來之前，妳就待在那邊等我吧。

突然有種胸口被人刨去一大塊肉的感覺，我不禁放聲吶喊。

老大雙臂盤胸，緊盯著盤子說道：

「妳在想什麼？」

「朋友。」

老大應了聲「哦」。

「我的朋友長得很正。」

「哦。」

「為人也不錯。要是能和她一起來的話，一定很快樂。」

「這裡是沒辦法和朋友一起來的。是妳的男朋友嗎？」

「是女性朋友，算是個不良少女。」

不久，老大開始叫苦了。

「這樣根本就沒半點進展嘛。」

「那如果重來呢？」

「『天化』是不能重來的。」

老大叫我稍候片刻，自己起身離去。五分鐘後，那位阿姨現身了。

「由阿姨我來代替。」

「可以嗎？」

「當然可以。」阿姨發出「嘿咻」一聲吆喝，在我對面坐下，以手巾擦了擦手。「我可是比他還要老練呢，妳放心吧。」

與阿姨迎面對坐後，有別於先前世界的另一個世界出現了。這就像為政者輪替後，整個世局風潮也會隨之改變一樣。儘管規則不變，但是她對世界的解釋、對各種現象的處理方式、思考模式，都與老大截然不同。

「妳太執著了。」阿姨說。「和老大一樣。前一陣子，他幹勁十足地說要收集鎮上所有的石像照片。他一旦下定決心，就會全力達成，結果在雨中四處奔波，淋成落湯雞，接連病了三天。這種固執的脾氣要適可而止才行。」

糾纏在一起的線在她謹慎得宜的處理下逐一解開。阻滯不通的河流紛紛流向四面八方，猶如打開一扇又一扇的水門。

最後，繫著鎖鏈的骨骸那張卡片與適時出現的埋葬卡片配成一對，脫手了。

「今天就到此結束吧，妳去泡個澡，好好用餐。」

阿姨如此吩咐一臉茫然的我，然後遞給我一條手帕，因為我哭了。那感覺就像被荊棘刺傷後，不知是毒液還是鮮血的某種東西，從傷口緩緩流出。

當我泡完澡，走在走廊上時，屋內房間傳來說話聲。

我躡腳走進隔壁昏暗的房間，身體貼向拉門。

——的確是這裡沒錯。

是家父的聲音。

我這才想到，我已經四天沒回家，也沒和家人聯絡了。自從來到這座屋子後，我完全沒想到家裡的事，說來還真是不可思議。我沉迷於「天化」是一個原因，但這並非所有問題的所在。這座屋子有股神秘的力量，會讓外界的一切變得模糊。

是家父來這裡找我嗎？不過，也可能是別人，只是聲音像他罷了。

——我小時候曾經誤闖過這裡，我還記得。

——是嗎？不會是你搞錯了吧？

回答的人，聽起來像是那位阿姨。

——不，不。阿姨，我還記得妳。還有一位你們稱之為老大的男人。他幫我進行解苦，玩一種像是花牌和輪盤組合而成的遊戲。那遊戲叫什麼來著？不知道現在是否還有？那遊戲彷彿會在腦中出現森羅萬象……

——聽不懂你在說什麼。拜託，別擺出那種臉嘛。偷偷告訴你一件事吧，其實這裡在三十年前，曾經是一處地下賭場。沒錯，當然是違法的。賭局開設在二樓，那已是礦車還能行駛時的事了。也許是哪個地方的老大，或是什麼不正經的人來過這裡。依我猜，可能是你曾和那些賭徒一起玩過，當時的記憶以另一種形態殘存至今吧。兒時的記憶總是不太可靠的。

——賭場。

——聽說很久以前熱鬧非凡，但現在只是靜待化為荒屋之時來臨的一般民家。

——解苦是……

——解苦是嗎？我已經跟你說過很多次了，我不知道你說的是什麼。

——阿姨，妳一點都沒變老呢。

現場沉默了片刻。我想微微打開拉門，從門縫往內窺望，但門關得很緊，文風不動。

男子的低語聲再度傳來，我放下搭在拉門上的手。

——之後我又找尋了幾次。我想用這裡才有的方法來化解我的痛苦。之前一度變得清澈透明的心，隨著歲月增長逐漸變得混濁。可是我一直找不到這裡，已暌違三十年了。這次我無意間再度踏進這裡……發現這座房子還是和當年一模一樣，真教人不敢相信。呃……這樣說或許有點失禮，但我準備了一點錢。我當然知道此事是不能向人透露的秘密，所以我絕不會說出去的。

隔了一會兒，阿姨以略帶冷漠的口吻應道。

——不好意思，有件事我有點在意，你說你想要解苦是吧？也就是說，你覺得很痛苦。

——是的，我很痛苦。

——既然這樣，比起「付錢玩你說的花牌之類的東西來消愁解悶」，你應該還有更重要的事該做吧。我這番話就像在訓話似的，不好意思啊。

男子再度開口，聲音像是硬擠出來的。

——我女兒不見了。都是我害的。

——真教人同情。美奧這地方，有許多神秘未知之地，你得全力尋找才是。希望你能找到。

——我已用盡各種辦法了，但找了半年，都沒有她的下落。

——是嗎？用盡各種辦法仍一無所獲也是常有的事，我會祈禱你有一天能找到令嫒的。你繼續待在這裡一樣無濟於事，請回吧。

半年。如果他失蹤的女兒就是我的話，事情就奇怪了，我離家至今也才三、四天而已。也許拉門裡另有其人，只是聲音很像家父罷了。

為了確認此事，我很想打開拉門一探究竟。我鼓足勁一拉，這次嘩啦一聲門便打開了。裡頭空無一人。

房內並未點燈，昏暗的房間充斥寒氣，教人很難相信現在是夏天。

9

第五局，我再度與老大迎面而坐。

很寧靜的一局。

世界宛如夕陽西下後的深藍天空那般遼闊。

卡片的來去，好似映照天空、川流不息的大河。

我不露聲色地詢問。

「等全部結束後，就不能再進行『天化』是嗎？」

「沒錯，只有一次的機會。這是第一次進行『天化』，同時也是最後一次。」

「為什麼？」

「『天化』就是這麼回事。」

「現在是……夏季嗎？」

「不知道。」老大低語。今天老大看起來一樣很像大天狗。

「它能化解所有痛苦嗎？」

老大低頭朝解苦盤凝望半晌後說道：

「極少數的人在九局全部結束後能化解所有痛苦，但這種人不多，大部分人都無法化解。這得看有沒有天分。我認為妳很有天分，而且超乎我的預期。妳個性率直，思慮縝密。不論是輪盤還是卡片，都顯示出妳是千中選一、不可多得的人才，叔叔很開心。搞不好妳能化解全部的痛苦也說不定。」

我默默進行卡片的配對。

「阿姨也說妳很厲害。」

老大轉動著輪盤。

我沒問他，如果當真化解了所有痛苦會怎樣？

在第三局時，我覺得要是能玩完全部九局，或許就會像修行深厚的僧人一樣成為大徹大悟的大賢者，但到了第五局，則又是另外一種想法。

「到目前為止，化解全部痛苦的人有幾個？」

「歷代以來，只有五人。」

果然不出我所料。庭園裡的地藏菩薩正好就是五個。

這表示，只要活在世上，便不可能化解所有痛苦。進行五局「天化」後，就算是我也會明白這個道理。

「天化」一行到最後，化解所有痛苦後，我就會在那一刻死去吧。

沒有痛苦、沒有迷惘，靈魂離開軀殼，庭園裡又多一尊地藏菩薩。這樣的狀況似乎也說不上是恐怖，真微妙。因為這道理就像河川總有一天要流入大海一樣。也許到了第九局時，會什麼也感覺不到。

老大抬眼看著我，不疾不徐地說：

「我一開始就告訴過妳，得一直進行到最後才行。」

「要是半途逃跑的話呢？」

「不是有個童話故事嗎？有個人發現山姥準備要吃他，於是便逃出山姥的家，結果妳猜山姥怎麼做？她拿菜刀在後頭追殺呢。」

「又在開玩笑了。」

河流形成漩渦，分歧形成兩路，不久後匯流，接著再度分歧。

「誰跟妳開玩笑了。」

「換作是你，你會追殺嗎？」

「我跑得慢，而且這樣太麻煩了。那個童話故事的結局是山姥最後追上那人，將他大卸八塊對吧？」

「我所聽到的是三張護符的故事。他將一名僧人送他的三張護符依序丟向山姥，最後……好像成功逃脫了吧？」

「真無聊。平時生活中的殺生都不當一回事，山姥為了生活而殺生，卻被人否定。」

「才不是這樣呢。這根本就是兩回事嘛。」

我再次進行卡片配對。白天的卡片配上夜晚的卡片。暴風雪的卡片配上屋子的卡片。萬事皆環環相扣，顯現出和諧景象。

「如果妳逃走的話，這辛苦進行的解苦就全泡湯了。一千個人裡頭，只有一人能像妳一樣，具有解到最後一局的資質，妳應該不會做這種蠢事才對。是吧？只要親自玩這個遊戲，應該就能明白。樓宿在解苦盤中的精靈，認定妳是最棒的對手，對此相當開心。妳會來到這裡，絕非偶然。妳是被召喚來的。」

嗯。

確實是很棒的遊戲。

各種事情都會在這個小世界裡發生，讓我明白許多我過去只知名稱、不懂其內涵的事。

所以才好玩。

「建平、幸平。」

我大聲叫喚雙胞胎的名字，將手中的卡片全拋向空中，朝大門疾衝。

我在門前回頭一次，朝瞪大眼睛、驚訝地往後仰身的老大說聲「謝謝」。

10

我穿上鞋，拔腿飛奔。

在展開第五局之前，我已事先拜託過雙胞胎，請他們將鞋子擺在外廊等我了。本以為雙胞胎可能會拒絕，但他們兩人相視而笑，似乎認為我這項提議是最棒的惡作劇。

「這邊、這邊。」

幸平跑在前面，建平拉著我的手。我們穿過森林，衝向那條夜間鐵路。

再來就都是一路直走了。

寒風襲來，道路兩旁的樹葉紛紛飄散。

整面天空都是亂舞的花瓣落葉。樹葉和花瓣猶如幻象般，在空中逐漸淡去、消失。

「轟」一聲巨響響徹空中，空氣冷卻了下來。

季節是隆冬。

冰冷幽暗的道路不斷向前綿延，後頭有個妖怪在玩鬼抓人的遊戲，緊追在後。

一個因肥胖而跑不快的妖怪，沒什麼幹勁的溫柔妖怪。看起來就像是專程來替我送行的。

在嚴冬的星空下，那對雙胞胎的蹤影消失了，他們化為北風，笑嘻嘻地圍繞在我身邊。

那面有精靈棲宿的輪盤，似乎仍在天上轉個不停。一切全泡湯了。或許不是吧，或許痛苦會再度回到我身上，但剩下的那幾局接下來才正要開始。

我要回到鎮上。

我口中吐著白煙，在枯樹叢中沿著鐵路不斷奔跑。

清晨的朧町

朝の朧町

1

在寒冬的黎明時分，我作了個夢。
我坐在森林裡的礦車上，往美奧過去。
鐵路兩旁長滿了山白竹，樹皮的甘甜氣味盈滿四周，鳥囀鶯啼隨處可聞。
只有我一人搭乘的礦車在林中緩緩行進。
咔噠咔噠。
我站在最前頭的貨車上欣賞景致。
就在那一刻，一朵橘色鮮花的妖豔光彩吸引了我的目光，但它一下子就遠去了。
以前曾在某本小說上看過一幕場景：一名從火車車窗探頭的年輕乘客，看見開在鐵路旁的一朵白花，白花對著年輕人投下的視線鬧彆扭，說：「反正你馬上就會忘了我。」作者的名字和主要的故事大綱我都已不記得了，唯獨這部分重新浮現腦中，不禁令我莞爾。
橘色的花化為一個小點，消失了。我的視線回歸前方。
路旁的花果然像小說寫的一樣。
不久後，連「自己曾經忘記這件事」的記憶也會被我遺忘。
礦車正在爬坡。前方不時會出現一團迷霧，讓視野中的一切化為一片白茫。
腦袋也隨之變得空白。

感覺像在冒險，也像在散步，很不可思議。

早在很久以前，我便已闖入一個童話般的世界。

夏天緩慢輕柔地消失。

一個快滿五歲的小女孩——佐藤愛，鑽過一旁的棉被進到我被窩裡，這股溫暖是我永遠的至寶。外頭仍籠罩在黎明前的幽暗下。

如此寧靜，難道是因為下雪？

我靜靜躺在被窩裡，想著剛才作的夢。

媽媽，妳來自什麼地方？

數天前，女兒向我如此詢問時，我回答她自己來自原野。

一切都模糊不清。

七年前，我從原野搭乘礦車，踏上美奧的土地。我確實是——不，搞不好我睡一覺醒來後，答案又會變得不一樣。

2

遠處傳來春日慶典的鼓聲。

「春天來了吶。」長船先生在外廊上說。

我一面切蔥，一面問他：「你從那裡看得到慶典嗎？」今晚吃的是鍋燒烏龍麵。

「只看得到遠方的燈籠。」

「待會兒要去嗎？」

「太麻煩，還是算了。」

庭園裡的殘雪消融，梅開枝頭。

春天確實來了。

和長船先生一起生活至今，度過幾個春天了呢？掐指算算，已是第四個春天了。不知不覺過了這麼久呀。

眼前這個男人和我沒任何關係。

想到我竟然在一個和自己沒任何關係的人家中白住了四年，就覺得有些心虛。

當初在東京當粉領族時，一定沒想到如今自己會是這番境遇。

長船先生已年近半百，但感覺不像是個五十歲的男人。長船先生就是長船先生。他總是閒適自得，看起來並沒有對人生感到疲憊，也不會在乎一些枝微末節的小事。

長船先生因為十年前一起交通意外，右手不太能使力。

我照顧他生活起居，替他做飯，打掃屋子。他沒雇用我當女傭，是我自己住在這裡不走的。做家事像是為了報答他收留我。

長船先生的妹妹真知子小姐很討厭我，雖然她嘴巴上沒說出來。也許她當我是從東京流浪過來、小腿受傷的野貓，在心地善良的哥哥家賴著不走。真知子小姐的住處與長船先生家隔了一個市鎮，不時會來看她哥哥。

如果她責怪我是個厚臉皮的女人，我確實無話可說。只要我付長船先生房租，就不會這麼尷尬了，但長船先生一直堅持不肯收。

我一直打算找時間離開這裡，但始終找不到機會，結果一住就是四年。

長船先生的家住起來相當舒服。

我並不喜歡和人同住，但長船先生例外。

他的屋子位於林中的高地，俯瞰底下連綿的水田。夏天可以欣賞微風吹過稻田，稻穗隨風搖曳的景致。

田園前方是箕影山，標高九百公尺，山中草木蓊鬱。長船先生的父母早在多年前便已過世，老家也不在美奧了。

長船先生口中的美奧無比迷人。

甚至會讓人懷疑「美奧」這名字原本的含意，是否為「美麗的記憶⑩」。

就舉那個後院的故事來說吧。

在長船先生小時候居住的老家後院裡，他的祖母和母親栽種了各種植物。有玫瑰、菊花、番茄、洋蔥、馬鈴薯、香草。

——家庭菜園嗎？

——沒錯。那裡土地很肥沃，不管種什麼，幾乎都種得成，真教人懷念。偶爾也會有蜉蝣蜥

---

⑩日文中，美奧的「奧」與記憶的「憶」同音。

蜴出現。

——蜉蝣蜥蜴？

蜉蝣蜥蜴聽說是一種身長約十公分，外形極為普通的蜥蜴，身上帶有綠紫兩種條紋。牠只在初夏時會出現在庭園的角落、紫薇樹下、薊花和石竹盛開的地方。

——只有五月第一週到最後一週這段期間，那種蜥蜴才會出現。

蜉蝣蜥蜴具有其他蜥蜴所沒有的特質，那就是不管怎樣也抓不到牠。伸手抓向牠什麼也抓不到。就算巧妙加以包圍、阻斷牠的去路再加以捕捉，牠還是會消失不見。

——就算用捕蟲網還是水桶罩住牠，一樣只是白費力氣。我父母一臉驚訝地對我說「不要去抓牠」。因為牠就像影子一樣，怎樣也抓不到，抓牠只是在浪費時間，而且蜉蝣蜥蜴只能活在薊花和石竹開花的場所。

某個五月天，蜉蝣蜥蜴在後院蟄伏不動。

用盡辦法想捕捉蜉蝣蜥蜴的長船先生，挪動他身旁的一株薊花。他發現，蜉蝣蜥蜴身上的顏色愈來愈淡了。長船先生大吃一驚。他以鏟子慢慢鏟去泥土，在不傷及根部的情況下，試著搬動石竹。

結果蜉蝣蜥蜴消失了，看起來就像融進空氣中似的。

他急忙把花移回原位，但庭園角落這個狹小的區塊裡已不見蜉蝣蜥蜴的蹤影。在過去，牠們消失是常有的事，但這次事件的隔天、隔年，都再也沒見過牠們出現。

——花、土地，以及季節，三者微妙地形成一種容易瓦解的平衡關係，是我破壞了它們。是我搬動了花才害死牠們的嗎？還是牠們自己消失不見，遷往其他地方？我不知道。我後悔不已，暗自啜泣。父母還笑我「竟然為了小小的蜉蝣蜥蜴而哭哭啼啼」。蜉蝣蜥蜴或許特別愛棲息於存在感模糊不明的領域吧？不過仔細想想，當今存在於世上的事物，不也是處在多少帶點曖昧的平衡中嗎？許多事物都是這樣，只要某個要素稍有偏差，或是加以更換，便會馬上消失。

他還告訴我許多事。他朋友的故事，以及他朋友的朋友的故事。例如到朋友家裡玩，發現朋友的住家一帶，圍牆內全部相通，宛如一座迷宮；不知從哪兒冒出一大群野豬，穿越鎮上，跑進山裡；一大清早，第一個抵達學校操場時，發現操場上形成一個像池子般的大水窪，一腳踩下去後，濺起的水花朝天空飛去。都是一些沒頭沒尾的玄奇故事。

我央求他講美奧的故事給我聽，然後把聽過的故事全寫在筆記本上。我想加以記錄。

我一個禮拜有三天會到托兒所當保母，夏天則會騎單車到鎮上的公立游泳池游泳。狸貓偶爾會出現在外廊邊，因此我會在那放餌食。

每個月總會有一、兩次到河邊釣魚。我和長船先生兩人將釣線垂入水潭中，靜待魚兒上鉤。偶爾動手做做香腸和燻魚，偶爾醃醃梅子過著悠閒的生活，並持續記錄從長船先生那裡聽來的美奧傳說。美奧有許多神獸或是獸人傳說，感覺我就像編寫遠野物語的柳田國男先生一樣。

長船先生站在我背後，偷看我餵狸貓的模樣。

——以前鼯鼠還會飛到我老家的陽台上呢，不過只有偶爾會來。

——你說的鼯鼠，是會滑翔的飛鼠對吧。

——沒錯，牠會順著庭園的樹木飛來，我爬上屋頂看才發現這件事。庭園裡長了一株銀杏，不遠處有一株行道樹，是山毛櫸，那株山毛櫸再過去一點則有一株枝葉繁茂的大櫸樹。行道樹彼此保持相當的間隔，一路延續到雜樹林那頭。換言之，那隻鼯鼠是從牠雜樹林裡的巢穴出發，一路沿著樹木和屋頂滑翔才來到我家的。

——牠來做什麼？

——那得問牠才知道了。可能是好奇心的驅使吧，也可能是來冒險的，就像人類會去登山一樣。我們替牠取名為「小鼯」，每次牠一出現，大家便開心不已，紛紛拿食物餵牠，會拿花生、水果之類的東西。聽我父母說，牠從我出生前便常來這裡玩。

長船先生不時會進入冥想狀態。他睜著雙眼，呼吸平靜，一動也不動。這時候就算叫喚他，他也不會應聲。如果有事，就要事先在紙上寫下備忘錄。例如寫下「我去買東西」、「冰箱裡有蛋糕」之類的。

此外，長船先生不時會失去蹤影。他會丟下一句「我出去逛一下」或是「我去看個朋友」，然後整整一、兩天沒回家。我望著他心想，這樣不就像鼯鼠出外冒險一樣嗎？

國道旁的藍色道路標誌板顯示這裡離美奧四十公里，我還沒去過真正的美奧。

某個寒冷的午後，雷雨雲覆滿天空，豆大的雨滴濡濕整個市鎮。

坐在外廊籐椅上的長船先生從冥想中醒來，縮著身子。

「啊，你醒啦。冷嗎？」

當時我正在看書，向長船先生問話後，他搖著頭低語回應：

「野奴拉出現在我夢裡了。」

「野奴拉是什麼？」

「妳不知道嗎？」

「不知道。到底是什麼？」

「妳這樣問我，我還真不知道該怎麼回答呢。就是不好的東西，噁心的東西。」

應該是妖怪。

從前出現在美奧的東西，聽說會變身。

大家對牠的描述常常都是各說各話，沒什麼交集。

那是我孩提時的事，大家在外面玩耍聞到不明方向傳來的難聞臭味時，只要有人說一聲「哇，有野奴拉，快逃啊」，大家便會拔腿就跑。

對了，以美奧的方言說骯髒、不舒服時，都會加上一句「奴拉」。比如說，「路上有個奴拉的野貓屍體」。當時我一直以為某個地方真有一種叫野奴拉的妖怪，全身滿是髒污，躲在下水道或是陰濕的荒屋裡。

「牠是以什麼樣的全貌出現在你夢裡？」

「夢裡的事，我忘了。」長船先生苦笑道。「因為那是個無法說明的模糊夢境。」

我從冰箱取出蘋果，開始削皮。我突然改變話題，提到我老早以前便計畫的事。

「長船先生，下次一起去希臘玩吧？」

「希臘？」

這點錢我還付得起，我計畫兩人一起悠哉地玩上兩個星期。

「沒錯，去旅行。」

我去過希臘兩次。第一次是短期大學的畢業旅行，第二次是當粉領族時和朋友同行。雖然我只知道雅典和愛琴海群島，但我對這個國家的風土民情多少還懂得一些。

「就算不去希臘也行。找個地方去旅行吧。」

「旅行是吧。」長船先生頷首。「那就下次一起去吧。」

我心裡想，他一定覺得很麻煩吧。我並非真那麼想去國外旅行，我只是想：日後離開長船先生時，除了在他家白住這件事之外，若還能留下共有的特別回憶，應該是很棒的一件事。

那晚，我在筆記上寫下野奴拉的事。

《野奴拉》

很久以前棲息在美奧，一種污穢、模糊不明的妖怪。全身滿是髒污。

3

「我哥說的故事是吧？」

前來探望的真知子小姐，一面吃著大福，一面側頭說道。

長船先生到醫院接受檢查，剛好不在家。我和真知子小姐等著長船先生回來，在客廳小聊了一會兒。

「當中有一半是騙人的吧。沒錯，我老家的確有一座後院，祖母曾在後院栽種花草，但肥料好臭。有蜉蝣蜥蜴這種東西嗎？我哥他從小就有愛幻想的毛病。」

「是這樣嗎？」

「沒錯。他告訴妳組合屋的事了嗎？」

「沒有，什麼組合屋？」

「這麼說來，妳是第一次聽說囉？」

以前我老家後院有間組合屋。我也不知道為什麼會有那種東西，但它就是杵在那兒。我們小時候，叔叔好像在那裡養過蠶，但後來不做那項工作後，它便成了空屋。

我哥就像早已等候多時似的，等它一空出來便開始使用裡頭的地板。

我哥他在那裡製作火車、立體模型之類的東西。

「立體模型？」

「我也不是很清楚，不是有人會在微縮模型裡擺入塑膠模型拍照，或是讓電車在裡頭跑嗎？好像叫N軌吧？說到我哥的興趣，好像不是電車或塑膠模型，而是市鎮。」

「市鎮的微縮模型是吧？」

「沒錯。」

真知子小姐眉頭微蹙、低聲說話，彷彿這是很不好的嗜好。

「他說要建造一個理想的市鎮。他做了許多模型，整個地面幾乎沒有立足之地。這裡是屋子、這裡是道路、這裡會有巴士通過，這裡是車站、森林。妳覺得怎樣？」

「很厲害……」

「才不厲害呢，香奈枝小姐。不，應該說他要是真的認真做的話，那倒還好。我哥擺出的東西，是做立體模型用的草木、樂高積木、河灘上撿來的石頭、以黏著劑黏合木片做成的建築。全是別人看不懂的東西，只有他自己樂在其中。」

他寡言，就像被什麼附身似的。一做再做，然後又重做。

也許是藉此逃避現實吧，因為他在學校好像沒什麼朋友。

他總是得意揚揚地指著模型說，這裡是我家。

「好像很有意思。」

「是很可怕好不好，我都覺得丟臉死了，他當時都已經是國中生了還那樣。香奈枝小姐，妳會這麼說是因為這些事與妳無關。如果他是妳親戚，妳應該會感到很不耐煩才對。」

「最後他戒掉這個習慣了嗎？」

「可能是他當時快要參加高中入學考，我父母看不下去，幫他處理掉的吧。也可能是颱風來的時候泡水，全毀了。」

真知子小姐這時突然轉移話題。

「對了，香奈枝小姐，妳為什麼會在這裡？咦？剛才我也問過同樣的問題是嗎？啊，我真是有點痴呆了。妳剛才回答說，妳覺得美奧的故事很有趣，所以想把它們記錄下來，對吧？」

真知子小姐當然沒痴呆。她雖然一副聊得很開心的模樣，其實眼中不帶半點笑意。

「既然這樣，等妳記錄完之後，就會離開囉？」

我一時想不到要說什麼。

「妳不用回答沒關係，因為我不是那個意思。妳來了之後，幫了我哥一個大忙，這樣很好。一來我不用再對他嘮叨，二來我也有個說話對象，開心多了。」

半晌過後，長船先生從醫院返家了。

「真是累人。啊，真知子，妳來啦。」

「剛才我們在聊你的事呢。」

真知子小姐起身拿起皮包。

「真不好意思，你剛回來我就要走。」真知子小姐站起身。「我和人有約，得先走一步了。」

我送真知子小姐到玄關後，半開玩笑地對長船先生說：

「長船先生，聽說你以前喜歡打造市鎮啊？在你家後院的組合屋裡。」

長船先生笑著說，妳也知道啦？

「應該是個很棒的市鎮吧？」我盤起雙臂。「你常告訴我的那些故事，該不會全是那個憑空想像的市鎮裡所發生的事吧？」

「才不是呢。」長船先生的眼神略顯游移。

我嘆了口氣。

「我還真想瞧瞧那個市鎮呢。」

隔了一會兒後，長船先生像在坦承什麼似的說話了。

「其實我有一座市鎮。」

「是嗎？」我隨口應道。我不太懂「有一座市鎮」這句話的意思。難道他在某個地方藏了之前在組合屋裡製作的那種市鎮模型？

「妳要去那個市鎮看看嗎？」

「在夢中是吧？」

「不，是走路去。」

「有路可以通往腦中想像的市鎮？」我不清楚長船先生想表達的意思，莞爾一笑。「我想去看看。下次記得帶我去哦。」

「當然可以。我老早就想請妳去了，從庭院去就行了。」

長船先生一臉認真地說。

「那就明天早上去吧。」

「好啊，記得叫醒我哦。」

當然了，起初我當它是句玩笑話，所以不經意地隨聲附和。

長船先生輕輕搖醒了我。

那是個寧靜的夜晚。四周悄然無聲，沒有蟲聲蛙鳴。

他悄聲對我說了一句「走吧」。

我迅速穿上衣服，拿起擺在衣櫃上的錢包。這樣就準備妥當了，連妝也沒化。

說來真不可思議，我心中甚至不感到一絲狐疑。

既然長船先生說走，就非得跟他走不可。

在春天的深夜，我們走在花田裡。

到處綻放的油菜花，返照著月光。

一切顯得如此模糊的夜晚。我看見自己有兩個影子，長船先生也有。

我們到了離家近的地方還是離家遠的地方呢？我們走了一公里，還是五公里？恍如置身夢中的我，迷迷糊糊分不清楚。

黎明將至的時刻來臨。

我看到林立的白楊樹中有一處平交道。

有一條鐵路，軌距很窄，是農業用的鐵路嗎？

柵欄高高抬起，上面設有綠色燈號。

鐵路對面的朝霧中，有幾座炊煙裊裊的屋舍。

「就是這裡。」長船先生說。

4

瓦片屋頂，呈現出優雅曲線的白牆；像迷宮般的石板路；也有老舊的木造房子。

雄偉的榆樹、銀杏，伸向道路的園藝樹木。

到處都立有弧光燈，散發出某種異國氛圍，也可說是繪本風格。

若以步行距離來看，這座在春天黎明時分出現的市鎮並非美奧。以我不清不楚的方向感來推算，這裡應該是箕影山的山腳一帶，但我一直都不知道在這種地方竟然有這樣的市鎮。

這裡空無一人。

天明時，空氣中盈滿亮光，市鎮到處熠熠生輝。

「這裡叫什麼？是觀光地嗎？」

古色古香的市鎮外觀，讓人懷疑這是刻意維護或是古蹟復原才有的樣貌。

「這是我腦中的市鎮，也是妳腦中的市鎮。妳早晚會明白的。」

長船先生來到一座白色的民宅前，它就位在在一座有噴水池的廣場附近。這民宅沒有門牌，玄關前立著一株杜鵑花樹，上頭長滿姿態幻麗的紫花。

長船先生握住門把，打開門。似乎沒上鎖。

「長船先生，這是你的房子嗎？」

長船先生頷首。

「是別墅。」

門內有一條長廊，走廊和鞋櫃一塵不染，但感覺不到有人居住的跡象（例如擺放在土間⓫的鞋子之類的）。

「妳就悠哉地在這裡待一會兒吧。今天太早起，有點睏呢。我要小睡一會兒。」

長船先生以堆在紙門旁的坐墊當枕頭，躺下後馬上呼呼大睡。

我茫然地坐著。這裡像是客廳，但沒有電視。牆上掛著圖畫，畫裡的原野上，有一塊巨大的岩石，到處開滿橘色的花朵。

外頭傳來雲雀的鳴唱，窗外可見紫色的杜鵑花。

我決定留沉睡的長船先生獨自一人在屋內，自己到外頭散散步。

上午的清冷空氣讓人感覺舒暢。

我信步而行，欣賞眼前的建築和巷弄。

有間小小的糕餅店。

店門前有一個一百圓的扭蛋和玩一次三十圓的大型電玩機台。

我想起小時候家附近有這種糕餅店，我常和朋友一起光顧。那是我在東京的少女時代。我喜歡的點心叫什麼來著？對了，叫作「小芳魷魚」。

這間店沒有看板，只有入口上方牆壁以油漆塗上的「倉田商店」四個大字。我沒走進店內，悄悄往內窺望。店內一片昏暗，應該是為了節省電費吧。只要太陽還高掛天空，便絕不開燈。裡頭有個房間，我瞄到有位老太太在裡面。

這和我小時候那家糕餅店簡直一模一樣，我不禁暗自莞爾，轉身離開。

我想起以前上學那條路。在我住的市鎮上，繞過街角糕餅店走沒幾步路的地方有家書店，再過去便是學校。

不過，這裡是不同的地方。不可能一樣，但我還是試著走走看。

⓫日式房子入門處，沒鋪木板地的黃土地面。

結果真的出現了一家書店，和我記憶中的一模一樣。是一家人共同經營的小書店。我常站在店裡看漫畫，每次站著看太久，那名戴眼鏡的阿姨就會拿布撣子來趕人。

隔著玻璃往內望，有位戴眼鏡的阿姨坐在收銀台看書，一副清閒的模樣。

這樣的巧合是怎麼回事？我一面走，一面感到暈眩，發現前方有一所小學。

飄過天空的白雲將暗影投射在柵欄內空盪盪的操場上，單槓、爬竿、攀爬架的位置也全都一樣。

這世上有很相似的地形，以及看起來都一個樣的人……對了，校門應該會有標示校名的門牌，看過之後就真相大白了。

我沿著柵欄前進，想加以確認。

結果令人難以置信，校門上所寫的小學名稱，竟然就是二十年前我就讀的那所小學，連校門附近的一家什錦燒店也完整重現了。

就地理位置來說，那裡離此地應該有兩百公里遠才對。

難道我超越了時空？現在是西元幾年？

我手抵額頭，想整理思緒。這時，前方走來一對身穿便服的年輕男女。十幾歲的少年和少女。

這兩人都很眼熟。

男孩叫要兵衛，女孩叫沙知，是我高中時代的同學。我已不記得他們的真名了。要兵衛的真名好像叫洋介還是洋一……沙知好像叫沙也佳吧？

我與他們兩人只有淺交。

我高一時與要兵衛同班，黃金週⑫結束時，他曾向我告白。

當時十六歲的我，以一句「抱歉」拒絕了他的追求。

我人生中第一個被我「甩掉」的男人就是要兵衛。他不是我喜歡的類型，我也不常和他說話。要我突然和一位認識不深的男孩交往，我實在辦不到。

要兵衛被我甩掉一個禮拜後，便開始和沙知交往。

在往後的高中生活裡，要兵衛不再與我有任何接觸。就算我在附近，他也會像拍外景的藝人無視圍觀的人群、展現專業演技那樣，完全無視於我的存在，彷彿從未向我告白過似的。我和沙知分屬不同的交友圈，所以幾乎沒和她說過話。

從學校到車站這段上學的路途，我和他們兩人同路。所以我多次走在他們兩人身後，看他們卿卿我我。

沙知總是朗聲大笑，一副樂不可支的模樣，就像初夏的白粉蝶。

他們有時做便當，有時互借錄音帶，有時和談得來的同學辦家庭派對，有時一起去參加爵士之類的音樂會或煙火大會，看起來真的很快樂。要兵衛和沙知在學校頗受歡迎，有不少朋友。

是是是，祝你們幸福。隨你們高興總可以了吧？

⑫日本在四月底到五月初這段期間，一年內最多國慶假日的連休假期。

我打從心底認為他們與我無關，對他們的事漠不關心。只要是他們的事，我既不想聽，也不想知道。是我甩了他，而不是被他甩了，怎麼可能會是我受傷。

但那種莫名的不悅感不斷累積，每次看到他們兩人，我就心裡很不是滋味。為了不想和他們同路，我甚至刻意改道而行。

那件事離現在已經有十五年了。

現在朝我走來的，確實是十五年前的要兵衛與沙知。如果只是長得像其中一人，那還有可能，但絕不可能兩個人都長得一模一樣。

他們不斷朝我走近。

別開玩笑了，我可不想讓他們看到現在的我。

但他們就像當時一樣，視線完全沒在我身上稍作停留，就從我身旁走過了。

我在原地呆立了半晌。

我懷抱著一股想哭的衝動，慢慢轉頭。

眼前只有一條悄靜的道路，上頭有山茶花留下的淡影。

我將視線轉回前方時，那所小學已消失無蹤了。

眼前是一條陌生的住宅街，闃靜無聲。一座靜得駭人的市鎮。

我感到背後有陣寒意。

將幾個不同的零件組合後，可能會出現看不見的另一種東西，拼圖就是這個道理。有時那是不具形體，像概念般的抽象物體，有時就像蜉蝣蜥蜴般曖昧不明。

隱隱約約，我開始了解這個市鎮了。

要兵衛和沙知，糕餅店、書店、小學，以及這座市鎮本身和蜉蝣蜥蜴是同類事物吧。我闖入一個猶如朦朧暗影的市鎮了。

「沒錯，妳的想法大致正確。他們的確不是妳同學的本尊，而是妳記憶的影子。」

長船先生坐在面向大路的咖啡座喝著咖啡，如此說道。

「肯定是這樣沒錯。」

那時我慌慌張張沿著來時路折返，但那家書店和糕餅店已憑空消失了。正當我不知如何是好時，遇見了睡完覺到外頭散步的長船先生。

「之前我明明從未想到過他們兩人的事啊。」

「那可真是不幸啊，不過這也沒什麼啦。像這家咖啡廳，是我以前在大阪上班時，公司附近的一家咖啡廳。」

「現在在我眼前的長船先生，搞不好也是幻影呢。」

「不，沒這回事。妳放心吧。」

長船先生這麼說，但我也可以把這視為是長船先生的幻影在說話。

「妳的疑心可真重。這個市鎮多少會受進入這裡的人所影響。」

「進入這裡的人？我嗎？」

「還有我。其實不只是我們，這裡另外還有許多居民。市鎮也會受這些人內心的影響。」

就地形的層面來說，這裡雖然有市鎮本身的基本架構，以及不會變動的場所，但其他部分則像流動的浮雲般，不斷變化。它不會有害處。

因為它並不是真實存在之物，它是影子。你和它說話，它或許會回答。但這就和在夢中與人對話的道理相同，並不是真人在和你說話。

「可是……」該怎麼說好呢？「為什麼會這樣……」

「我不清楚這是什麼樣的原理。我只知道，這裡原本就是這樣。」

「如果這家咖啡廳是你以前常去的咖啡廳，那麼……」

我們現在喝的咖啡是真正的咖啡嗎？

「這很難解釋。」長船先生陷入沉思。「現在我們在這裡所看到、感覺到的，是真正的東西。沒錯，和真正的東西沒什麼不同。但我們若是離開這裡，到外面去，它就不是真正的東西了。」

紫色的杜鵑花映入眼中，我暗自撫胸，慶幸自己能平安回來。

「這間房子是不會變動的，妳可以放心。」長船先生打開門。

「一開始總會感到迷惘、驚訝，但很快妳就會習慣。」

5

早上醒來後，我到鎮上散步。

路上看不到半輛汽車或摩托車，也沒有單車，甚至沒有交通號誌。

正如長船先生所言，令人懷念的風景、記憶中的事物不時會出現，然後又倏然消失。

五分鐘前出現的建築突然消失，被一條陌生的巷弄取代狀況偶爾會發生，所以我還是迷路了。但只要明白它就是會這樣變動，便不會感到害怕。

市鎮的基本部分（也就是不會變動的架構）本身相當完備。有日式建築、亞洲式建築，以及歐式建築，全部巧妙地摻雜在一起。它給人的印象不像是「擁有各自生活方式的人聚集形成的混沌城鎮」，反而更像是由某位創造者所刻意塑造的。大部分的建築裡都空無一人，卻有一座座瓦片建造的高塔，陽台上長滿了玫瑰。我以此作為路標，向前走去。

我遇見一位和我一樣在此處逗留的人。我在公園散步時，他主動與我攀談。他擺了畫架和畫布，正在描繪公園景致。

「我太開心了。」那名畫家如此說道。「哎呀，我一看就知道。因為妳東張西望，又是一身現代人的打扮。妳是怎麼來的？」

「是朋友帶我來的。」

「長船先生是嗎？」

「是的，你怎麼知道？」

「因為我也是他帶來的。他是這裡的國王，也就是老大。不，應該說是神吧。」

「是這樣嗎？」

「是啊，這裡的人都是長船先生邀請來的。」

畫家微微一笑，豎起小指，問我是否為老大的女朋友。我搖搖頭。

畫布上塗有紅、藍、綠等顏色。他正在描繪一幅森林與小鳥的圖畫。

「你是位畫家嗎？」

「不，我只是用畫圖來打發時間罷了。偶爾畫畫圖……然後幾乎什麼事也不做。這公園很不錯吧？是三十年前位於神戶的公園。雖然在現實的神戶裡仍有這座公園，但現在已完全變樣了，看起來粗俗，人為造作的感覺也很強烈。」

一對男女從池子對面的杉樹林裡走來，畫家一見他們，便瞇起眼睛。

「他們是我的父母。」

迎面走來的兩人，年紀看起來與他相仿，甚至比他還要年輕。

「我在這裡作畫時，家人偶爾會朝我走來。例如我五年前過世的父親，或是四年前過世的母親。樣貌比他們過世時更年輕。我是個不孝子，家人也很討厭我，因為我都這把年紀了，還不好好工作，只會跟他們要錢。我看他們的表情就知道了。知道自己惹人厭，總會不高興對吧？所以我就變本加厲向他們要錢。」

畫家如此低語。

「我並不想見他們，但他們卻自己出現在我面前。」

我經歷過要兵衛與沙知的事，所以我能理解他說的話。雖然不知道畫家是以什麼樣的心情來看待他已故的父母，但肯定不是感動的相見場面。

「有和他們說話嗎？」

「沒有，和影子說話沒有意義。」

畫家的父母朝這裡走來，但畫家連看也不看一眼。畫家表情扭曲，突然抓住一旁的筆筒，丟向他父親。

筆筒淩空飛去，從他父親身體穿過，落向地面。是這麼一丟發揮了作用嗎？我不知道，總之他父母的身影緩緩一陣搖晃，就褪色、消失了。

我離開畫家，繼續向前走。

一隻狗穿過巷弄。一名梳著復古髮型（就像昭和時代中期日本畫中的女主角）的女子，在街角與人聊天。

這些應該也是某個住在此地的人的內心記憶吧。那隻狗一定是他養過的狗，而且早已經死了。那名女子也是存在於某人記憶中的女性。

我看到那個人出現在道路前方。

雖只是驚鴻一瞥，但我絕對沒看錯。

我馬上把臉別開。

他是我最不想見到的人，要兵衛和沙知和他跟本沒得比。我光是想到他的名字，便覺得全身寒毛直豎。

我轉頭就跑，感覺他好像在後頭追我。

他不可能追到這裡來的。

就算他是幻覺，我還是想和他保持距離，所以我才會走得這麼急。

我氣喘吁吁地來到那間開滿紫色杜鵑花的屋子。

這個玄關沒有門鎖。之前我對此毫不在意，但現在卻在意得不得了。

事件發生在六年前的七月三日。

二十七歲的精品店老闆小田原清司，對二十六歲的員工浦崎透施暴致死。

兩人曾是同一所大學畢業的朋友。

浦崎透與小田原的妻子有婚外情。

我就是那名遭殺害的員工浦崎透的妻子。

我的丈夫浦崎透常和男性友人在家裡喝酒，誇耀自己多有女人緣。從「他學生時代的交往對象是常在女高中生時尚雜誌中登場的模特兒」談起，一直聊到「他的第一次是在國一那年獻給一位漂亮的實習老師（聽說是對方主動邀他上賓館）的」，不斷述說那類豔史。

當然了，他想說的是自己多麼有魅力，但要是有朋友回他一句「真是美好的回憶呢，真教人羨慕」，他總會蹙起眉頭說「會嗎？因為我總是遇上一些不正經的女人，所以我一開始就會和她們約法三章。要我陪妳玩可以，但絕不可以死纏著我」。

當中多少帶有一些誇大和開玩笑的成分，不過，每次他的男性友人一來，他便大談一夫多妻制、自由性愛，講得就像是他所追求的信念似的。

「男人花心是一種能力。不花心的人，只是想做卻做不到罷了。」

「喂。」我板起臉孔。

「別那麼死板嘛。」丈夫說。「男人就是這樣的動物，一個真正的好妻子會明白這道理的。不管丈夫在外頭怎樣胡來，只要他不是真的要拋下家庭，那就無所謂。」

我覺得他在外頭有女人，打從結婚起就這麼覺得。

不過，他會盡量不把自己的花心對象帶回家裡，把這當作基本禮貌，所以我也盡量睜一隻眼閉一隻眼。

透的長相和收入都不差（不過那只是我的標準，這並不表示他兩方面都很出色）。要是摒除他風流的毛病，以及老愛扯謊吹捧自己的習慣，他這個人其實沒那麼討人厭（但這也是我的標準）。不如說，有這麼一個萬人迷老公，我甚至覺得有一種優越感。凡事不可能完全照自己的理想去走，若太過細究，一切都會瓦解。所以神秘的外宿不歸、神秘的旅行，我都讓它們保持神秘，不去探究。

小田原和我丈夫在大學時代屬同一個交友圈，一起打網球、滑雪。畢業後，兩人感情還是不錯，小田原也常來我們住的這棟大樓。

小田原的精品店開業時，我們夫妻倆還前往慶賀。我們也曾在夏天時借住小田原父母的海邊別墅。

小田原是體育型的陽光男孩。愛喝酒，而且千杯不醉。他常撂下豪語，說只要他認真起來，喝再多杯都不成問題。他常說些低級笑話，不過他說話時，總會不經意流露出他本性正經的一面，讓人覺得他有點過於純情。

之前我問起小田原和我丈夫學生時代所屬的那個交友圈，結果小田原苦笑道：

「哎呀，妳就饒了我吧。這種事，我實在無法向透的妻子啟齒啊。我們那個圈子，簡直就是一攤爛泥。」

「一攤爛泥？」

「只要洗心革面後，就不會想再進那個圈子了，因為心靈會被污染。說起來，大家那時候都還年少輕狂。」

我沒再細問。一攤爛泥的意思不難想像，詳情我不想知道。

事件發生後，警方從丈夫的扣押物中查出了一些我根本不想知道的事情：他與多名女子有不單純的關係。到透遭殺害為止，可以確定他與三名女子持續保有性關係。其中一人是小田原的妻子，另一人是以前我公司的部下，晚我兩年進公司，最後一人似乎是他路上搭訕認識的，是一名十九歲的女孩。

「只要他不是真的要拋下家庭，那就無所謂。」我想起丈夫說過的話，感到一陣寒意襲身。就本質來說，所有人都是沒有關係的外人，就連對性愛，他也不是認真以對。我明白這只是欲望與錯誤交錯的結果。

據目擊者所言，當時透與小田原走在街上，小田原突然動手毆打他。

透被撞飛，正巧撞倒停在他背後銀行單車停放處的腳踏車。

小田原衝向前，使出一記膝擊。

小田原體重八十五公斤，這八十五公斤加上重力的膝擊直接命中透的臉部。

透背後翻倒的腳踏車，把手正巧位在不該在的位置，緊抵著他的脖子。脖子所受的衝擊無處宣洩，頸骨就折斷了。他口吐鮮血。

小田原逃離現場，行蹤不明。

警察原本懷疑我和小田原合謀。透保有壽險，受益人是我。但調查整起事件後，證實我沒有嫌疑。我受益的那筆壽險保險金，只是一般的金額。小田原白天的犯罪行為完全不像事先計畫的，顯然是一時衝動。

我萬萬沒想到身邊會發生殺人事件，而且被害人還是自己的丈夫。當真是意想不到。不過，人一旦死了，便不會再有什麼責備或原諒的問題了。

我一面整理透的相本和遺物，一面回想他第一次邀我一起用餐的情景、一同度過的許多假日，以及蜜月旅行時的種種。

我的心跳突然變得急促，內心感到恐慌，一整天提不起勁，沒有食欲，體重驟減，生活亂成一團。

再這樣下去或許會持續損害自己的健康、丟掉性命，於是我開始努力忘卻過去。

身為被害人的妻子，眾人對我投以同情的眼光，但他們的目光中夾帶一絲輕蔑。

——看吧，那個人的丈夫搞那麼多外遇，結果被外遇對象的丈夫給殺了。雖然這算是自作自受，但他太太也真可憐。

——哎呀，誰知道他太太背地裡做了些什麼。搞不好是假面夫妻呢？真噁心。

我處理完身邊的事務後，就離開那塊傷心地了。

我想清淨一下。找一處清淨的空間，過清淨的日子。

6

走下石階後，來到大理石廣場。無數的水路往中央的池子匯流。
池面上漂浮著朵朵睡蓮。
一名頭戴帽子，挺著個啤酒肚的男子，手持單眼反光相機，四處拍照。
一對像雙胞胎的男孩在玩球。我不算在內的話，廣場內只有三人。
其中一名男孩把球踢向空中後，另一名男孩用腳擋球，反踢回去。
球沒落地，在空中來來回回。
他們的動作中感覺不到急躁和緊張，就像是優雅的舞姿。
正當我看得入迷時，球一時沒踢好，朝我滾來。
「你們踢得真棒。」
我如此說道，把球拋回去後，他們邀我一起玩。
球朝我飛來。雙胞胎往左右兩邊散開，我讓飛來的球彈向位於我左手邊那名男孩。雖然我沒他們那般靈巧，可以直接用腳回踢，但我國中三年好歹也是排球社的一員。
男孩輕盈地躍向空中，用頭頂球。另一人抬腿接下那顆球，輕輕朝我踢來。
總覺得重力好像消失了，我回想起無憂無慮的幼年時代。
暢快地流過一身汗，疲憊地坐下後，一名男孩以手指轉球，向我問道：

「阿姨，妳是旅人嗎？」
我頷首。
「你們是當地人嗎？」
「不是，我們是從外地來的。」
「我們和老大一起來的，馬上就要回去了。」
兩人一臉幸福地笑著。
「那個池子裡有大魚哦。」
他們指著中央的池子。
「是草魚。牠吃草哦。」
「那條魚吃花，所以叫花魚。」
「就算吃花，草魚還是草魚。要不然牠吃蟲的話，不就叫蟲魚了嗎？」
「哎呀！」
我往池子窺探，的確有條長約一公尺多，很像鯉魚的魚兒在池底優游。
挺著個啤酒肚的男子將相機鏡頭轉向我們，拍了張照。
長船先生從遠處走來，我朝他揮手。長船先生與男子似乎很熟稔，兩人站著聊了些話。
我與長船先生一同散步。蜿蜒的河邊有一棟純白的建築，我登上它的石階。建築化為一座橋，我從河上走過，從玫瑰拱門下穿過。整面山丘開滿黃色和粉紅的花朵。
「長船先生也會在這裡遇見別人嗎？比如說，你懷念的人。」

「會啊。遇見之後，覺得很懷念。不過，我看到的人應該都已不在人世了。如果還活著的話，本尊應該在現實世界的某處，我總會想，不知他們現在在做些什麼。」

「也會遇見討厭的人嗎？」

長船先生的身體在陽光下閃閃生輝。道路、行道樹的樹葉，全都綻放耀眼的光芒。

今天真是美妙的一天。

長船先生面帶微笑，平靜地應道：

「會啊，討厭的人還是一樣討厭。」

一名年長的女子從一旁路過，向長船先生點頭問候。這裡的人口不多，但除了影子以外，每個人都會和長船先生打招呼。

「很不可思議的地方對吧？」

長船先生向我說明這個市鎮的創立經過。

那是什麼時候的事呢？

那時候我還在組合屋裡全心投入市鎮模型的製作工作，所以是很久以前的事了。

在一次放學回家的路上，我跑到山上。

真的只是一時心血來潮，就走進山路中的呢。原本是想找尋適合的材料，用在我的市鎮模型上，但走著走著，突然很想走上山頂。

最後，我就像攀岩運動者一樣，爬上了岩壁。當時我還穿著學生制服，背著裝有課本的書包。書包會阻礙我攀岩，所以我把它擱在崖壁下。

我爬上一處可以俯瞰市鎮的岩地，在那裡靜立不動。陽光燒灼著我的背部。不是有人說，登山來到高處後，煩惱就變得微不足道了嗎？但我卻沒這種感覺。動一動身體，滿身大汗，欣賞美麗的風景，就會覺得心情舒暢——就只是這樣而已，不是嗎？煩惱並不會因此消除。

但那時候我有種奇妙的感覺。我俯瞰那真正的市鎮後，開始覺得自己窩在組合屋裡所做的東西實在無聊得可笑。唉，我到底在做些什麼。果然還是現實世界比較美。

這時天空一陣鳴響。

市鎮遠方的上空出現厚厚的雲層，底下顯得昏暗朦朧。我心想，啊，對面下雨了。耳畔傳來樹梢搖曳的沙沙聲，我轉頭望去，看見一隻烏鴉。

烏鴉望著我，叫了一聲，就振翅飛去了。

牠飛遠後，我發現地上有一顆比乒乓球稍大的藍色珠子。

我推測，這應該是烏鴉從某處撿來的珠子，因為烏鴉有收集發光物的習性。牠在鳥巢附近降落時，意外發現有人在場，嚇了一跳，就忘了帶走牠的寶貝，應該是這樣吧。

——烏鴉的寶貝。

我伸手拿起那顆珠子。

出奇的輕。

它微微發光，我把臉湊近一看，發現裡頭有藍天。

在不同光線照射下，它有時會呈現珍珠般的色澤，有時會呈現深海的湛藍。有白雲在小珠子內飄動。你知道百貨公司裡有一種玻璃球吧，裡頭會下雪，還有小魚優游其中，是很適合作為聖誕節禮物的一種商品。我猜這就是那種玻璃球，不過珠子內的藍天看起來很像真的。

我持續凝望那顆珠子，就像要被吸進裡頭了。也許是真的被吸進裡頭了也說不定。

蔚藍的蒼穹下是一片荒野。

我站在荒野中。

天空再度鳴響，我猛然回神。

那顆藍空的珠子已消失不見。

我環顧四周，想看它滾到哪兒去了，卻遍尋不著。

滴答，一粒小雨滴落在我臉上。遠處的烏雲不知何時已來到這裡了。

從那之後，我便開始會夢見藍天與荒野，彷彿是因為那顆藍色珠子嵌進我心中了。

直到我高二那年夏天，我才證實自己與這塊土地緊緊繫在一起。

我在黎明前醒來，想到外頭慢跑，就走到了戶外。我無精打采地走著，不知不覺，竟已置身荒野。

就像是荒野迎接我到來一般。

起初只是一片荒草漫漫的遼闊土地。

我在外面只是個普通的高中生，但在這裡，我是造物主。我就像魔法師一樣，單手一揮，就造出一座喜歡的房子。手指一彈，便陸續冒出行道樹。我引吭高歌，地面便鋪好石板地。

我開始創造市鎮，像是在做一件理所當然的事。種植、鋪路、造階梯、安置大理石柱。

做好的景物之中，有的像擁有生命，會自己成長；有的則是一不注意便會枯萎——也就是自行消失。我不斷創造，膩了就重做，不喜歡就加以刪除。

為了創造這個市鎮，我奉獻出自己的大半人生。花了漫長的時間來創造它。

「所以囉，這個市鎮就位在烏鴉給我的玻璃球內。」

「這真是一個很棒的市鎮。」

我道出肺腑之言。

「在公園裡畫圖的人是小野先生。我在十年前遇見他，當時他就像是個遊民。因為他心地不錯，所以我告訴他有個好地方，邀請他到這裡。我想讓人看看我一手創造的市鎮。」

長船先生接著說：

「後來我發現來到這裡的人會對市鎮產生影響，景觀會暫時改變。起初我略感不悅，感覺像藝術品被別人弄髒，但我馬上就習慣了，出現我沒見過的事物也很有意思。」

「住在這裡的人，都是你邀請來的嗎？」

「除了一部分的人以外，幾乎都是。」

幾天後，我發現一座車站。那是我見過最小的車站，沒有柵欄之類的東西，也沒有車站名稱。鐵路與月台只有三十公分的落差。像是主題公園裡常有的窄軌鐵路，一路往森林綿延。

之前在那座池子廣場見過的父子檔站在月台上。挺著個啤酒肚的男子將手提包擺在地上，雙胞胎看到我，向我揮手。

「你們要回哪裡去？」

「去老大家。」

「要回美奧。」大肚男說。「那是個好地方，希望妳有空也能來玩。」

「列車什麼時候會來？」

「該來的時候就會來。」

雙胞胎的其中一人豎起大拇指。

「等該來的時候到了，列車就會出現，那時就上車。」

「不要罵我⑬。」另一名雙胞胎臉色一沉。

不久，一列小列車出現了，那就像是跟某個遊樂園收購來的列車。三人坐上貨車廂。列車駛出，消失在森林裡。

屋內有個倉庫。屋子與倉庫透過有屋頂的通道相連，倉庫裡擺著一個密封的大甕。

「這裡頭裝什麼？酒嗎？」

「聽說是美奧自古流傳的，與生命有關的秘藥。」

「聽說？」

「因為這是別人寄放在我這裡的。不是有位帶著雙胞胎的胖大叔嗎？就是他寄放的。他說這裡應該不會遭小偷，要我借他寄放一下。」

那老舊的黑甕散發出奇妙的氣息。在好奇心的驅使下，我向前踏出一步，想到它旁邊瞧個仔細，但馬上就覺得呼吸困難，感到莫名不安，彷彿會發生什麼無法挽回的可怕事情，於是我便靜靜後退了。

「很正確的反應。」

「與生命有關的秘藥，到底是什麼藥？」

「它叫作草薙……據說只要喝下它，就會變身成其他生物。狗喝了它，可能會變成貓。」

「怎麼可能！」

「就是說啊。」

長船先生關上倉庫大門。那股詭異之氣被阻斷後，我稍感心安。

長船先生突然對我說，我們回去吧。

我覺得永遠待在這個市鎮也不錯，但既然他說要回去，我也認為是該回去的時候了。

和來的時候一樣，我們於黎明時分越過平交道，走進油菜花田中。

四周盈滿曙光。

強勁的春風搖撼著樹木。

7

從那不可思議的市鎮返回的一個月後，長船先生住進離家四十公里遠的綜合醫院。

真知子小姐和長船先生的遠房表兄弟前來探望他。我離開長船先生的家，找了醫院附近的一

⑬「該來的時候」原文是しかるべきとき，當中的しかる與叱る〈罵人〉同音。

間公寓房子，訂下三個月的租約。

長船先生不在家，我繼續住在那裡會很奇怪，而且我心裡也很排斥。

「妳不用太勉強自己。」真知子小姐在某次探望完長船先生準備離去時，在醫院附近的一家餐廳對我說。

妳大可不必這樣勉強自己來看他。因為妳又不是長船美津夫的妻子，和他沒任何關係。

「我沒勉強自己。」

「香奈枝小姐，妳……」真知子小姐嘴角歪斜，說了一句「算了」。

接著沉默了半晌。我放下插進法式栗子蛋糕的叉子，開口說：

「我得告訴妳一句，他對我來說很重要。」

「什麼？」

「我只是……想以朋友的身分，來探望他而已。」

像遺產、墓碑之類的事，我一點都不想過問。

真知子小姐靜靜望著我的臉，低語道：「只是以朋友的身分來探望他是吧？」接著她取出香菸，叼在嘴裡，點燃了菸。

「那就太感謝妳了，香奈枝小姐。我哥哥他也會很高興的。」

長船先生躺在病床上，將握拳的手伸向我。

「今天早上，這個東西出現了。」

他張開手指，現出一顆藍色珠子。

起初我一時沒意會過來。

在那不可思議的市鎮度過的那段時間猶如一場夢。回家後，我們馬上睡了個午覺，春風搖晃樹木的聲響讓我醒來後，我確認了日期，發現我們只離家一天。但暖暖的幸福感一直留在心中。我們回歸日常生活後，幾乎都沒提到那個市鎮的事了。

「也許……」

這是長船先生小時候在岩地上發現的那顆藍珠。

「是該把它轉交給別人的時候了。」

我輕輕接下那顆珠子，珠子內果然有藍天。底下是個市鎮，長船先生的市鎮。珠子就像融入我手掌中一般，消失了。

外頭應該是晴天，遠處卻傳來一陣雷鳴。

「它是妳的了。」

長船先生靜靜望著我。

「這怎麼行呢，我得還你才行。」

我試著握緊手掌，但藍珠就是不出來。不在場的東西，是無法歸還的。

「那也要妳有辦法還我才行啊，就送給妳了。來……我們該走了。」

「去哪兒？」

「其實我已經辦好暫時出院手續了，因為第一階段的手術已經完成。雖然病情沒有好轉，但可以暫時在家療養。不過，我不打算回家。」

「你要去哪裡？」

長船先生望著我的眼睛，莞爾一笑。

「去那個市鎮嗎？」

「放心吧。它是位在那個珠子裡的世界，只要想去，就去得成。」

恍如置身夢中的時間再度出現了。

我和換好衣服的長船先生走出醫院，長船先生伸了個懶腰。

我不認得路，就只是一味前進。車聲逐漸遠去，外頭的空氣變得微帶甘甜，我自然而然明白往哪兒走可以抵達了。

「妳之前想去希臘對吧？」

「是啊。」

「謝謝妳這些年的照顧。」

「你別這樣。」

我一面走，一面回想和長船先生的初次邂逅。

旅行途中的我，不小心跌落河中，長船先生出手相救。我並不是想自殺，真的只是失足跌落。

那已是多年前的事，我站在岩石上恍恍惚惚望著溪谷間的深淵，溪流的琅琅水聲充盈四周。

我突然想到自己還戴著婚戒。為什麼我一直戴著它呢？我想找個地方丟了它，但我又捨不得丟進垃圾桶。既不想送人，應該也不會有人想要。

有了，就丟進深淵裡吧。我突然想到這個點子，並付諸行動。雖然很像是齣不入流的戲碼，但我覺得還挺浪漫的。

戒指迅速沉入碧藍的深淵中，我想瞧個仔細，不由自主趨身向前，結果青苔讓我腳底打滑了，水面陡然向我直逼而來。

當時是五月，水溫冰冷。我沉入了水中。

糟了、糟了。這是我當時腦中唯一的念頭。我才不想學鐵達尼號呢，完了、完了。

水流撫遍我全身。

我驚慌地划動手腳，往水面游去。那短暫的片刻就像慢動作電影般，深植我腦海中。

我掙扎了一下，馬上就找到立足地了。我全身濕淋淋地走上河灘。

全身都在滴水。衣服吸水後，身體變得好沉重，心跳好激烈。一隻鞋掉在水中了，我無法好好行走。

我真笨。雖然我之前便隱約有這樣的自覺，但我沒想到自己竟然笨成這樣，悲觀的想法浮現，我潸然落淚。找一處溫泉旅館吧，旅館裡可能有烘衣機。

——妳沒事吧？

當時朝全身濕透的我叫喚的人，正是到山裡摘山菜的長船先生。

——我覺得這處深淵很美，看著看著，不小心踩滑了。

——那妳一定嚇壞了吧。

長船先生馬上驅車帶我上溫泉旅館，並告訴我哪裡有自助洗衣機。接著我們一起吃晚餐，他問我家住哪裡，我回答他，我沒有家，然後……時間就此流逝。

「我覺得很快樂，就像一齣喜劇。」

長船先生說。

「從頭到尾都很快樂。」

「你別這樣。」

別這麼說。

白楊樹長滿茂密的初夏綠葉，昏暗的鐵路與平交道，高高抬起的柵欄。燈號為藍色。

出現前方的，是位於這個世界深處的美麗市鎮。

我們兩人朝之前一同度過美好時光的屋子筆直走去，玄關前的杜鵑花已過了花季。

我不知道長船先生想在那裡做什麼。我始終都只是在心中暗忖——他想做什麼，就去做吧。

他得的不是在醫院靜養便能痊癒的病，而是長期抗戰也不可能戰勝的那種，患者只有死路一條。趁著夏天在此暫住一段時日後再回醫院，這樣也不錯。要在此度過餘生也可以。未來的事，光想便覺得可怕，只能掌握住眼前的時光。

長船先生搬出搖椅，擺在家門前大路旁的白樺樹底下。大路上不見人蹤。

「香奈枝小姐。」

他一臉滿足地搖著搖椅，目光投向我。

「一切都準備妥當了。人會受各種事物影響……但妳不能受我影響。」

「這話什麼意思？」

「妳應該去美奧才對。」我們的對話沒有交集。

「我的個性馬虎，做什麼事都很自我中心，而且不引以為恥。我五歲時，便決定要以過得快樂作為我的人生信條。我想在夢裡作我的美夢。」

「你要在這裡午睡對吧？」

語畢，我轉身離去。雖然覺得他這麼做很古怪，但這裡是長船先生的市鎮，他要在哪裡睡覺是他的自由。

這是我和他最後的對話。

約莫一個小時後，我泡完紅茶，心想他也差不多該醒了，便到外頭查看，結果發現長船先生坐在搖椅上，已無呼吸。他的膚色蒼白，臉頰和手臂的毛孔冒出像黑色黴菌般的東西。有個空瓶掉落在搖椅旁。

我望著坐在搖椅上的長船先生發愣。哦，原來這才是他的用意，我感到全身虛脫無力。打從一開始他便不想和病魔對抗。為什麼我一直都沒發現呢？不，我隱約感覺得到，但我故意不去細想。

他刻意來到屋外，是因為顧慮到我，他擔心屋內要是有屍體的話，我會覺得陰森可怕。他雖然個性馬虎，但我不認為他凡事都很自我中心。

他的遺容看起來很安詳。真的就像他所說，在夢裡作美夢，前往遠方。

「你就算待在屋裡也沒關係啊。」

他應該也不希望曝屍野外吧。

我嘆了口氣，拖著搖椅，將他拉回屋內。

我思考該如何埋葬的事，但最後決定將長船先生連同搖椅一起放進那幾乎沒在使用的倉庫。存放在倉庫裡的古甕，長船先生肯定是喝了裡頭的東西。掛在倉庫門閂上的大鎖已被拆下，塵埃密布的地板上，留有和長船先生的鞋印相同的足跡。

「會變身成其他生物。」我腦中仍記得這句話，一想到有這個可能，我便覺得不該將他埋葬或是火化。

滿含濕氣的風愈來愈強，午後開始下起雷雨。

在這短短數天，我親眼目睹一個市鎮的瓦解。

天空總是灰濛濛一片。

暴風雨久久不散。

隆隆雷聲，晝夜不停。

位於大理石廣場的池子形成漩渦，將池魚一起捲向高空。林立的建築也化為瓦礫和塵沙，在強風吹拂下，逐漸失去原本的形體。

沙塵。

猛烈的沙塵暴撫過每一處地表，樹木枯萎，花瓣散落，瓦片化為塵土。

不見那位畫圖的大叔，以及其他人的蹤影。難道是暴風雨開始後，他們察覺有異，自行離去了？還是被吹往其他地方去了呢？

長船先生對這世界的影響正逐漸消失，我一籌莫展。

風勢減弱，陽光從厚厚的雲縫間灑落後，這世界只剩下曠遠的無人原野，以及我和長船先生一起度過美好假期的那間屋子。

8

荒野一路向遙遠的山脈腳下綿延。

荒草，凹凸嶙峋的岩石，保持間隔矗立的樹木。大量的瓦礫，白色和黃色的野花，蝗蟲以及虻蟲。

在光芒萬丈的太陽底下，有個東西在晃動，既像是沙漠的遇難者，又像殭屍電影裡的殭屍。我定睛凝視。

是怪物。

牠臉上有紅色和紫色的血管浮凸，嘴巴像鬧彆扭的小孩般噘起。兩眼昏暗混濁，高逾兩公尺，駝背嚴重，弓著腰行走。

我撿起石頭，朝牠丟去。

石頭擊中那隻怪物。黃色的混濁液體，黏稠地從怪物前額流下。

怪物發出一聲咆哮，眼中帶淚地望向我，接著牠嘴角泛著帶有挑釁和輕蔑的笑意，步履蹣跚地離去。就在那一瞬間，牠的臉變成一張我熟悉的臉孔——小田原清司。

我呆立原地，覺得極度不舒適，背脊發冷。

殺害我丈夫後逃逸的小田原清司，我一直在找尋他的下落。我曾依序打電話給丈夫和小田原共同的友人和熟識，每個人都說他們對我深感同情，但他們不知道小田原的去向。我一一懇求他們，要是知道小田原的行蹤，請打電話通知我。

小田原的妻子已回到她位於長野的娘家。就算我打電話去，她的家人也只會冷冷回一句「她無法接聽」。她精神狀況不穩，無法接聽電話。

我在小田原的住家附近巡視過，也曾到一些逃犯可能會投宿的便宜旅館查看。

事件發生後不到一個月，小田原在橫濱落網了。

小田原在酒吧認識一名二十歲的專校女生，將提款卡交給她，並告訴她密碼，請她用ATM提錢。小田原急需用錢，但他不知道提款卡還能否使用。如果用提款卡，會在監視器下留下線索。於是他才請一名和自己無關的女人幫忙，想加以測試。

那名女子打電話給她的男性友人，說自己好像捲入一場犯罪案件中了，她的男性友人立刻打電話報警。

開庭時，我也前往法庭。戴著手銬、身綁腰繩現身的小田原略顯憔悴，但仍舊相當冷靜。想必是曾和律師討論過，他一直強調自己當時並沒有動殺機。

他說他多少有因為感情糾葛失去理智，但犯下暴行的直接原因是玩麻將借錢所引發的口角。

當天打完麻將記欠款時，透將小田原的欠款多加了一萬日圓。小田原說，這金額有點奇怪。

「哦，會嗎？那是多加了一點利息，還有之前的計程車費。」

「錢的事要分清楚好不好。」小田原如此主張，透卻回了他一句：「老爸那麼有錢，沒想到你這麼小氣。」

我心想，這很像透會說的話。

小田原心中一直有疙瘩，從學生時代開始就有了。

這時一次爆發了出來，大打出手。一旦動手毆人，就會想要徹底打垮對手，甚至連腳都用上。

法官問小田原：

——你與被害人浦崎透先生的妻子，香奈枝小姐，是否發生過性關係？

奇怪的問題，而且很沒禮貌，我心想。他究竟有什麼權限可以問這樣的問題？

小田原蹙眉，思忖片刻後應道：

——您是問最近嗎？最近沒有。

——以前曾經有過嗎？在你們結婚之後。

就在那一刻，小田原讓冷冷的目光投向旁聽席。我該怎麼回答才好呢？我彷彿聽見他心裡的聲音。

——有的。

小田原接著解釋。

——當時我原本沒那個意思，但對方主動邀我，一時就發生了關係。在那之前，我曾問她，這樣真的沒關係嗎？她回答我，反正她老公現在也在外頭搞外遇。

——從什麼時候開始？維持多久？

——三年前開始，次數大概有三次吧。不過，我原本就不想一直這樣下去，我明白這是一種錯誤，所以我很快就和香奈枝小姐結束這樣的關係。

——是哪一方先決定要結束？

——我，因為我也不想讓人利用我當排遣寂寞的工具。

法官面無表情地問道：

——利用？是你利用對手來紓解自己的性欲吧？

那是多年前的情事了，是誰利用誰早已不重要。不論是對我來說，還是對小田原來說，都已不再重要。法官判斷錯誤了，真是糟糕的法官。

——說得也是。

小田原說。

應答持續著。

不久後，法官改問其他問題。

——那麼，我要結案了，你最後還有什麼話想說嗎？

——我很後悔。帶給這麼多人困擾，真的很抱歉。

我已不記得自己當時是抱持什麼樣的心情坐在旁聽席上的了。我的公婆就坐在我身旁，手裡捧著兒子的遺照。

開庭那天的記憶相當模糊。法官真的提出了那樣的問題嗎？小田原真的照我記憶那樣回答了嗎？我不確定。

我只記得在法庭外，有人朝我咆哮。浦崎透的父親橫眉豎目地向我怒吼。

小田原被判處十五年徒刑。

9

我帶來一隻流浪狗和一隻野貓，養了起來。

長船先生連同搖椅一起在倉庫裡長眠。我曾偷看過一次，那時的他渾身發黑。一定是因為喝下那液體的緣故，我從沒看過這樣的屍體。如今這倉庫已不再是倉庫，變成一處墓地了。

我沒想過要重建這座市鎮。我沒那樣的熱情和知識，而且我可能不具備一項最重要的要素，那就是「創造市鎮的魔力」。能創造出市鎮的就只有長船先生，因為他從小便專心致志在創造自己的市鎮。

我只不過是把自己關在那座原野上的屋子裡罷了。真知子小姐和其他人，現在肯定在找尋我的下落，我不想到外面的世界去。

那個妖怪一再出現。牠全身散發熏人惡臭，彷彿是長了腳、自己動起來的腐臭泥沼，很像世界末日時會出現的生物。

我在那自己記錄美奧故事的筆記本上，尋找牠的名字。

野奴拉。

牠就是長船先生曾對我說過的，於遠古時代出現在美奧的野奴拉吧？這妖怪發現長船先生過世，乘機從幽暗地底湧現。

每次我一看到牠，就朝牠丟石頭。但就算趕跑牠，過沒多久牠便會又忘記之前的教訓，再度搖搖晃晃地靠近。

野奴拉的臉每次看都不一樣。有時不是小田原，而是我丈夫浦崎透或是我自己的臉，有時甚至是這些臉的混合體，我父母的臉也曾出現。不過，我最不能原諒的，就是牠竟然也會笨拙地模仿長船先生的臉。

我不認為牠的智慧會有多高，但牠具有讀取我內心想法的能力。就像變色龍配合周遭顏色改變表皮色澤的能力一樣，牠會本能改變自己的相貌，好讓對方接納牠。

若要打比方說明野奴拉的可怕之處的話，大概就像這樣吧：你從自己心愛的情人手中收下一個漂亮的娃娃屋，你想一輩子好好珍藏，但你每次伸手碰觸它、往裡頭窺望時，都會發現裡面裝有一隻大蟑螂。我的本能要我展開殺戮。光想到有野奴拉在這裡，就讓人備感壓力。這塊土地是我的。我無法忍受和這種可怕的東西共存。

石頭對牠無效。我也曾拿菜刀刺牠，但同樣無效。牠那宛如腐肉與泥巴混合而成的蓬鬆肉體不管受了什麼樣的傷，都能馬上從地面吸取泥土再生。

我朝牠淋上燈油，點火焚燒。

全身冒火的野奴拉不斷掙扎，一副疼痛、灼熱、難過的模樣。牠從口中冒出黑煙，黏稠的液體四處噴灑，眼珠瞪大，「噢——噢——」地發出尖叫。

那是幾乎要讓聽者發狂的聲音，就算摀住耳朵，殘響仍在腦中久久揮之不去。我聽著牠的叫聲，身子因竊喜而顫抖。

火熄滅後，野奴拉化為大量的穢物以及黏答答的塊體。我用鏟子將它打散。

燒死野奴拉的隔天，牠又若無其事地出現在離屋子不遠處，緩緩踱步。

我看著牠貼在樟樹上，腰部在樹上摩擦，黏液沾在樹上。

我全身虛脫無力，跪倒在地。

難道牠是不死之身？

我站在倉庫前。

取下門閂，走進裡頭，一股怪味撲鼻而來。不同於腐敗的臭味，是從未聞過的氣味。

光線從位於高處的小窗射進來。坐在搖椅上的長船先生一樣全身漆黑，靜默不動。

但這是屍體嗎？他釋放出一股奇妙的混沌之氣，教人覺得可怕。

我從長船先生身邊通過，走向那口古甕。

我移開壓在蓋子上的壓石，鬆開綁在板子上的繩索。這是我第一次看裡頭的東西。

甕中裝的東西就像透明的麥芽糖一樣。我用擺在一旁的柄勺撈起些許黏稠的液體，裝進瓶中。瓶中黏稠的麥芽糖不住晃動。

要是用這個的話……

也許野奴拉就會變成野奴拉之外的東西了。

我單手拎著瓶子往前走。

一定能用這東西打倒牠。

只要讓牠喝下的話……

走沒幾步，我突然想到：其實最簡單的解決方法，應該是我自己服下它才對吧。就像喝麥茶一樣，一口氣將瓶內的液體送入口中，這畫面一直在我腦中縈繞。

我要收拾野奴拉。我揮除腦中的歪念，堅強地說服自己。

不可思議的力量驅策著我。我握緊瓶子，無法加以丟棄。全身冒汗。也許我拿出了一個很驚人的東西。

我邁向荒野。

天空有一半被金黃又帶有些許殷紅的雲朵覆蓋，另一半是蔚藍的。

之前用來打散野奴拉的那把鐮子擺在地上，滿是泥濘。我還從繁縷、車前草等雜草上發現那把生銹的菜刀。

我站在小山丘上環視四周，遍尋不著野奴拉的蹤影。

哦，原來是這麼回事。我想到一件理所當然的事，大感驚愕。

野奴拉根本打一開始就不存在。

以前這裡還是市鎮時，那名畫畫的男子總是會看見他已故雙親的身影，我那兩位現在應該已年紀不小的高中同學也曾出現。這是朦朧、曖昧，不斷變貌的市鎮。

這裡就是這樣的地方。

現在這裡確實存在的東西，就只有兩個。一個是我，一個是我手中瓶子裡的液體。

瓶子散發不祥之氣，液體蜿蜒晃動。我一時看得入迷。

小田原從監獄寫過信給我，我是在遇見長船先生之前收到那封信的。殺人犯所寫的信，應該都會先經過審查，所以內容很制式化，滿是反省與悔悟。

我反覆看那兩張信紙，感覺裡頭的文字滿是虛情假意。

我一再試著回信，但每次唸起自己寫的信，便忍不住要動手撕碎。根本就沒什麼好寫的，我漸感心浮氣躁。我明明想結束一切，離開這裡，但他為何又寫這種信給我？

我接著又收到他報告近況的第二封信、第三封信，我這才想到，這個男人該不會是不准我忘了他吧？他寫信是出於一種惡意。

從那時候起，小田原就成了怪物，在我的惡夢裡出現。儘管被關在圍牆裡，仍會放聲嚎叫的兇猛怪物。

我曾到監獄探望他。

穿上色調明亮的衣服，告訴小田原，我決定要再婚了。雖然是謊言，但現在的小田原無法確認這番話的真假。我還告訴他，我想忘掉一切，所以請他別再寫信給我。

小田原說，那太好了，恭喜妳。他的表情僵硬，我清楚看出他心中的憎恨。

我遇見長船先生後的第一年夏天，小田原在監獄進行機械作業時，手腕被夾傷，大量出血而死亡。

想喝下它的，是棲息在我體內的怪物。在惡夢的世界裡徘徊，於小田原的死後變得強大的怪物。

「沒什麼好怕的。」

我覺得有個奇怪的聲音在我耳邊清楚地響起，我微微發出一聲驚呼。

我的手指無法擺脫那個瓶子。我把瓶子舉向空中，把臉轉開。誘惑和反抗。我想和瓶子盡量保持距離，姿勢自然就變成這樣了。

我開始顫抖，視線落在棲息於野花上的鳳蝶。我在不知不覺間被逼得無路可退。現在才八月，是因盂蘭盆節假期導致交通阻塞的時節。我得將思緒轉往其他事情上頭才行——鳳蝶的羽翼緩緩一張一闔，改變身體的方向。

我的黑影從某個死角竄起，從背後將我包覆。就像大人撐住小孩的身體般，它一把抓住我舉在空中的左手腕，緩緩將瓶子湊向我嘴邊。

「這裡是很棒的墓地對吧？如果要死，就要選在這種地方，妳不是一直這樣希望嗎？不給任何人添麻煩……和自己喜歡的人在一起。」

我只是一直望著那隻鳳蝶，感到呼吸困難。出現在我眼角邊的影子，正是妖怪的影子。

這時，一陣轟然巨響，化解了我的咒縛。

我把臉轉向屋子的方向。

叫聲和生物的氣息傳了過來。

一頭日本髭羚現身了。那是保育類動物，以「青鹿」這個別名著稱，頭上長著小角。日本髭羚以蹄蹬地，筆直朝我衝來。

後來我去看那間倉庫，發現門被撞壞，搖椅四周滿是黝黑的煤灰。

不過，就算沒進一步確認，在我看到牠的那一瞬間，我便深信牠就是長船先生。

視線變得有些模糊了。

你成功了、你成功了，我如此低語。這是真的。

日本髭羚縱身跳躍，就像圖畫一樣生動活躍。

「他」望著我。後來我一再想起當時日本髭羚的眼神，他一定在向我訴說些什麼，但我不懂他說的話。

他是說「我這副模樣怎樣啊？」，或是「再見了，香奈枝小姐」，還是「閃開，別擋路」呢？

充滿全新力量的生物從我面前通過，朝全新的世界奔去。一陣旋風突然颳起，宛如要掃除周遭的荒草般。平衡改變了，那股攫獲我的負面力量就此煙消雲散。

日本髭羚毫不猶豫地朝樹林裡衝去，消失其中，彷彿在告訴我，他來自森林。

我站在原地愣了半晌。

手指從瓶身移開。

瓶子從我腳邊滾向一旁，液體灑向地面。

大杜鵑的鳴叫聲傳來。

10

清晨的原野濃霧密布。

市鎮的朦朧幻影不時會出現在迷霧中。

我搬出椅子擺在原野上，凝望這座市鎮。

他的市鎮、我的市鎮、記憶中的市鎮、夢中的市鎮，彼此交互重疊。

不久，幻影逐漸變淡，隨朝霧一同消失。

野奴拉已不再出現了。牠是消失了，沉睡了，還是打從一開始就不存在呢？總之，牠賴以生存的平衡已經瓦解。

我不再靠近那座倉庫。那藥是妖魔，太過危險。

我問自己，妳想變成其他生物嗎？我不知道。我沒辦法藉此變成我想要的生物，再說，人不是每天都在慢慢變成另一個自己嗎？

天空日漸高遠。

某個午後，森林外的小車站停了一列小列車，裡頭空無一人。

那位挺著啤酒肚的大叔說過，這班列車開往美奧。

我坐上車後，這班玩具似的列車緩緩向前駛去。

眼前流逝的景致令我微感興奮。

當我回頭望時，不禁發出一聲驚呼。

那裡原本應該有我的屋子和原野，但此刻出現在我背後的，卻是像山一樣巨大的玻璃球。

我定睛凝望，發現球體中映照出我的屋子和原野，球體的高度和寬度占滿我整個視野。

也許是小列車一路前進的緣故，珠子顯得愈來愈小。

過去逐漸遠離。小田原和浦崎透離我遠去，長船先生也是。

縮小的珠子在原野上滾動。我看到一隻烏鴉突然飛降而下，一把抓住它。飛向天際。

列車轉了個彎，樹林遮蔽了眼前景致。

帶有寒氣的冷風吹拂我的臉頰。

夢境深處，一定有個很美麗的地方。

我還在冒險的旅途上。想到這裡，我因喜悅而面帶微笑。

儘管人在房間裡，吐出的氣息仍會化為白煙。

豎耳凝聽，便能聽見小東西從枝頭掉落的細微聲響。

哦，外頭果然下雪了。

愛緊倚著我。這孩子醒來後要是看到外頭下雪，一定很高興。

再小睡一下吧。我在黑暗中闔眼，下次睜開眼睛，就會沐浴在朝陽下了。

意識緩緩淡去。

髭羚在雪地上奔馳，貓頭鷹停在枝頭上，靜伏不動。

遠方原野的記憶，神話世界的故事。

世界在慵懶的氣氛下緩慢轉變，再過不久，路過的市鎮，都會在我心中散發光芒。

榮獲第十二屆「日本恐怖小說大賞」！
入圍日本文壇最高榮譽「直木賞」！

夜市

恒川光太郎—著

在這個夜市裡，只要出得起價， 任何人都可以買到想要的東西……

林蔭深處，真的有一個奇妙的夜市！披著和服的狸貓與死屍穿梭而行，妖怪販售著長劍、棺材、人頭等各式各樣的詭異商品……這裡根本不是人類該來的地方！小時候曾經誤入夜市的裕司，在這裡買到了「打棒球的天分」，但付出的代價卻令他懊悔至今。於是今夜，當蝙蝠預告夜市即將舉行，裕司決定帶泉一同前來，重新進行一項重要的交易……

入圍「山本周五郎賞」！
日本亞馬遜書店讀者四顆半星超高好評！

神隱的雷季

恒川光太郎—著

在這雷鳴不斷的季節，每個人都得面對自己的心魔……

穩城裡流傳著許多不可思議的傳說，特別是除了春夏秋冬以外，這裡還有一個介於冬、春之交的短暫「雷季」。雷季時鎮日雷鳴不斷，人們必須齋戒沐浴迎接這個「神的季節」，因為雷季來臨就代表有人會消失不見，不知被帶到哪裡去。大家都是這樣說的，直到有一天，賢也唯一的親人——姊姊竟也在雷季時消失了……

國家圖書館出版品預行編目資料

草祭 / 恒川光太郎 著；高詹燦譯. -- 初版. -- 臺北市：皇冠, 2010.12
面；公分. --（皇冠叢書；第4057種）（奇・怪；12）
譯自：草祭

ISBN 978-957-33-2742-4（平裝）

861.57　　99022029

皇冠叢書第4057種
奇・怪 12

草祭

•皇冠讀樂網：www.crown.com.tw
•皇冠Facebook：www.facebook.com/crownbook
•皇冠Plurk：www.plurk.com/crownbook
•小王子的編輯夢：crownbook.pixnet.net/blog

作　　者—恒川光太郎
譯　　者—高詹燦
發 行 人—平雲
出版發行—皇冠文化出版有限公司
台北市敦化北路120巷50號
電話◎02-27168888
郵撥帳號◎15261516號
皇冠出版社(香港)有限公司
香港上環文咸東街50號寶恒商業中心
23樓2301-3室
電話◎2529-1778　傳真◎2527-0904
出版統籌—盧春旭
責任編輯—陳妤
版權負責—莊靜君
外文編輯—黃鴻硯
美術設計—黃惠蘋
行銷企劃—李邠如
印　　務—林佳燕
校　　對—鮑秀珍・邱薇靜・陳妤
著作完成日期—2008年
初版一刷日期—2010年12月

法律顧問—王惠光律師

讀者服務傳真專線◎02-27150507
電腦編號◎512012
ISBN◎ 978-957-33-2742-4
Printed in Taiwan
本書定價◎新台幣280元/港幣93元